書下ろし

だめ母さん

鬼千世先生と子どもたち

澤見 彰

祥伝社文庫

目次

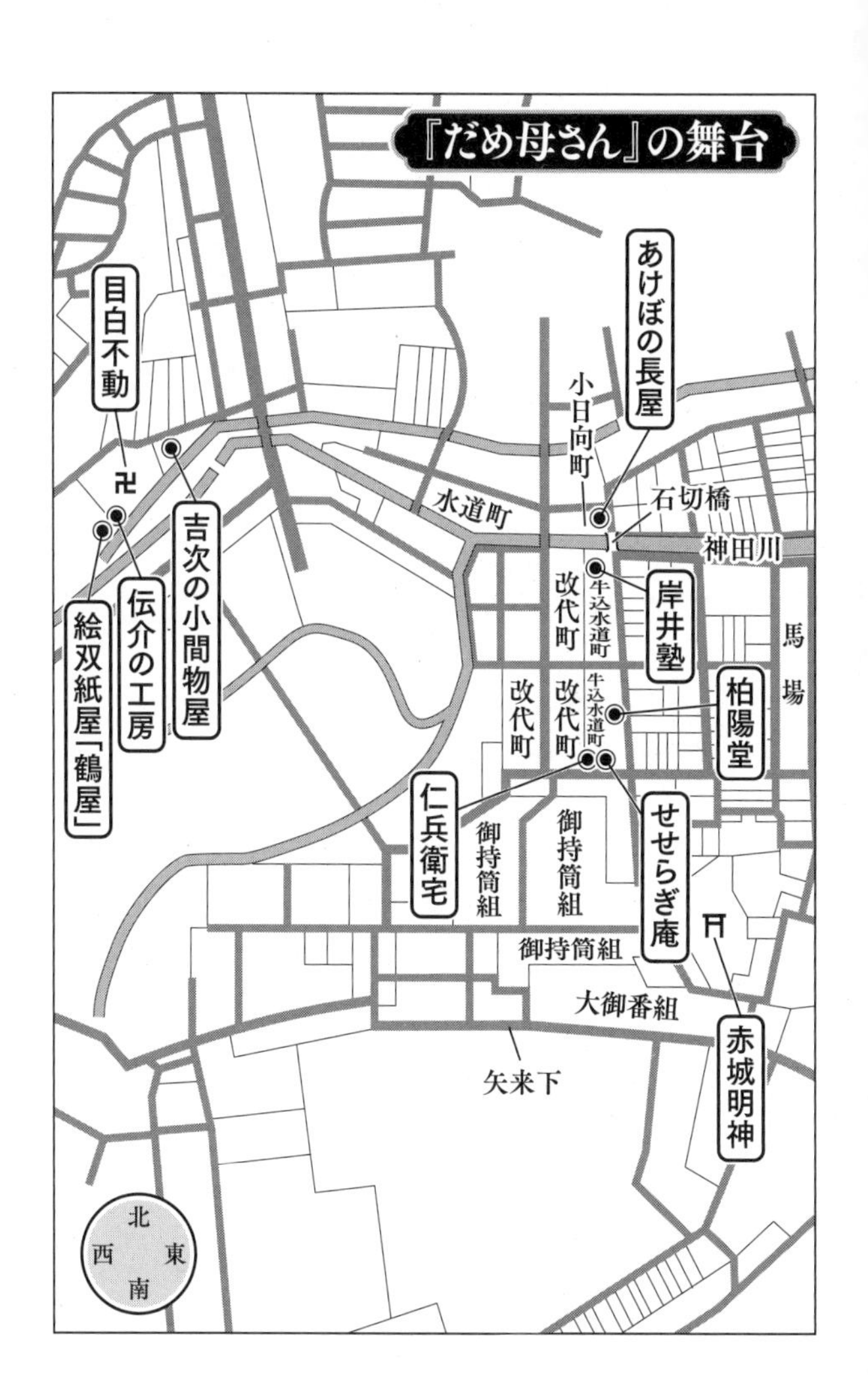

『だめ母さん』の舞台
あけぼの長屋
小日向町
目白不動
水道町
石切橋
神田川
吉次の小間物屋
伝介の工房
絵双紙屋「鶴屋」
改代町
牛込水道町
岸井塾
馬場
改代町
改代町
牛込水道町
柏陽堂
仁兵衛宅
せせらぎ庵
御持筒組
御持筒組
御持筒組
大御番組
赤城明神
矢来下
北
西
東
南

地図作成／三潮社

一　春、出会いと巣立ちと

年が改まって天明八年（一七八八）。

江戸ではじめて迎えた元日の朝、平太は妹があらわれる夢を見て泣いた。

天明三年（一七八三）に浅間山噴火が起こったとき、麓の村で暮らしていた平太一家は、直後に村を襲った火砕流に巻き込まれ、双親も妹も行方知れずになってしまった。

その妹と初日の出を拝み、新年を迎えた。

二度と、叶うことのない情景だ。

「これが今年の初夢か」

嬉しくもあり、哀しくもある、そんな夢だった。

いまは上州の故郷を離れ、牛込水道町にある手習い所――せせらぎ庵の筆子

兼居 候 になっている平太は、濡れた目元をぬぐいながら、しばらく掻巻にくるまったままでいた。

　初夢のことを思い出す。夢のなかで妹は、浅間山噴火が起こった当時、四歳のときと変わらぬ姿のままで、かわいらしく笑っていた。

「あの子が生きていれば、もう九つになるのか」

　早いものだと驚きつつ、噴火が起こらず何事もなければ、どんな娘に育っただろうかとも考える。両親に甘やかされていたからすこし我が儘かもしれないが、天真爛漫で愛くるしい子になったのではないかとも思う。

　平太は、掻巻のなかで災害前の楽しかった頃の思い出に浸っていたかった。普段は朝から数々の用事を言い渡される居候の身だが、元日ばかりはゆっくり朝寝していて良いとお赦しが出ていたからだ。それでも——ここはやはり実家ではなく、他所さまの家なのだ。いつまでも言葉に甘えるわけにもいかなかった。

「よし」

　意を決し掻巻から抜け出た平太は、障子戸を開けて外の空気を吸い込んだ。新年の空気は切れるほど冷たく、清々しい。晴れわたった空に向かって手を合わせた。

「おとっつぁん、おっかさん、そして……おゆう。どこかでおれを見てくれていますか。今年も一所懸命学んで、たくさんお手伝いもして、いつか、みんなに顔向けできる大人になります」

故郷——鎌原村に残してきた両親と妹に祈りを捧げてから、居候させてもらっている家主に新年の挨拶をすべく部屋を出た。

身支度を整えて部屋を出た平太は、せせらぎ庵の手習い師匠、鬼千世先生こと尾谷千世のもとに赴き、「あけましておめでとうございます」と年始の挨拶を交わした。

「平太、今年もよろしくお願いしますね」

相手の凛とした声に、平太の身も引き締まる。

千世は、年は四十くらい。新雪のごとく色白で、目元が涼しげな美しい女性だ。やたらと姿勢がよいのも、言葉遣いが丁寧なのも、千世が身分ある武家の妻女だったからだ。五年前に夫に先立たれたあと、家のことは息子に任せて市井に出ると、町屋を借り上げて手習い所を開いた。手習い所といってもあまり手広く営むのではなく、筆子ひとりひとりに合わせた指南を心がけている。ゆえに、災害に遭ってしまい、年のわりに手習いが遅れてしまっている平太も、気後れすることなく教えを乞えるのだ。

　そんな鬼千世先生は、新年らしく、いつもより華やかな着物をまとっていた。薄縹色に小紋が入った生地は、色白で細身の千世によく似合っている。とはいえ、せっかくめかしこんでいるのに、千世が小脇に酒徳利を抱えているのを平太は見逃さなかった。無類の酒好きで酒豪の千世は、平太が朝寝坊しているあいだに、お屠蘇を決め込んでいたに違いない。

　平太は、笑いそうになるのを堪えながら挨拶を返す。

「こちらこそ。今年もよろしくお願いします」

「今朝はゆっくり休めましたか？」

「はい」

　元日ばかりは手習いも休み、お手伝いもなし。おかげさまで初夢を見ることもできた。体も休まった。鬼千世先生にも慈悲はあるのだ。

　もっとも、昨晩までは目の回るほどの忙しさだったのだが。

　昨日は、やり残していた煤払いを行い、正月料理を仕込んだり、掛け取りに応じたり、逆に筆子の未払いの月謝を取りに行ったり、年の市に駆け込んで餅や酒や縁起物などを買ったり。夜中になって蕎麦をすすりながら除夜の鐘を聞いてやっとひと息をついたという、めまぐるしい年の瀬だった。

「昨日ひどく疲れたせいか、いつもよりぐっすり眠った気がします」

「そうですか、よかったこと」と、平太に数多の用事を言いつけた本人は、にこりと笑っている。

「では、ぐっすり眠って、元気を取り戻したところでさっそくですが、あなたにやってもらいたいことがあります。もちろん今日は元日ですから、明日からで構いませんけど」

そらきた、と平太は身構える。束の間の休息は今日限りだ。

せせらぎ庵にやってきて、およそ半年。「働かざる者食うべからず」が信条の、千世の人使いはますます荒くなりそうだと、新年第一の覚悟を決めた。

その後、初湯に行って雑煮を食べてと午後をのんびりと過ごし、夕刻にはまた部屋に引き取ってそのまま寝てしまった平太は、翌朝はいつも通りに早起きをした。

正月二日目。日課となっている門前の掃き掃除をすませてから、平太はこの日の予定を反芻した。昨日のうちに千世から申し渡されていたお遣いは、ごく親しい人たちへの挨拶廻りと、正午過ぎから行われる町内の年会に参加することだった。

「それでは千世先生、行って参ります」

掃除を終えて朝餉をすませたあと、身支度を整えた平太は、千世に出かける挨拶をした。

「挨拶廻りと年会に出て、午過ぎには戻ります」

「はい、くれぐれもお願いしますよ。ほんとうはわたしが出向くところですが、今日は、亡き夫に代わって、尾谷の縁者に挨拶をしに行かなければならないので。松の内を過ぎてからでもいいでしょうに、何やら今年は急ぎの話があるとかないとか。まったくわたしの都合なんてお構いなしなのですから。それはさておき、まずは御年始に、小日向町にお住まいの大家さんと、吉次親分さんのところに行って来てください。鉄蔵……ではない、根岸さまにもご挨拶したいけれど、あちらにはたくさんのお客さまが押しかけているだろうから、どのみち会うことはできませんね。その気なら夜中にでも向こうから酒を持って来るでしょう。さて、挨拶廻りが終わったら、正午からは町内の年会に出てもらいます。平太はただ座って話を聞いていればいいですからね。年会で決まったことを、あとで知らせてくれれば結構です。あ、そうでした、大家さんにご挨拶に行く前に、酒屋さんに寄ってお酒の追加を頼んでから、帰りにそれも受け取って来てもらえますか。午後になったら筆子たちが挨拶に来ると思いますから、書初め（かきぞめ）を執（と）り行いましょう。墨や半紙の補充もお願いしますね」

つぎつぎと繰り出される千世の言いつけを黙って聞きながら、平太はしみじみと思う。

「昨日より、だいぶ用事が増えているなぁ」

せせらぎ庵に来たばかりの頃は、お手伝いといえば、門前の掃き掃除、水汲（みずく）みと部屋の掃除、簡単なお遣いだけだった。半年も経つと、「お手伝い」もずいぶんと多岐（たき）にわたってくるものだ。

「まぁ、千世先生にあれこれ頼まれるのは、うれしいのだけど」

行ってらっしゃいと送り出されてからおもてへ出た平太は、小さな枝折戸（しおりど）を押し開いてから門松の位置を見定める。すこし斜めに傾いて見えたので、慎重に傾きを正してから、門前の坂を下って小日向町にある大家の家を目指した。

せせらぎ庵はもともと、とある大店（おおだな）のご隠居が暮らしていた町屋だったという。「ほうっておいたら荒れるだけだから」と、ご隠居の息子夫婦がずいぶんと安く家を貸してくれているのだ。なので、時節毎の挨拶は欠かすことができない。

川原で羽子板や凧揚げをしている子どもたちを横目で眺めながら、となり町に向かった平太は、つつがなく大家に挨拶をすませると、つぎは界隈を取り仕切る岡っ引きの吉次親分の住まいを目指した。吉次親分は、問題児だった新七という元筆子を下っ引きとして雇ってくれており、昨年、せせらぎ庵の筆子を巻き込んだ一大事が起こったときも、力になってくれた恩人だ。気っ風が良く、頼りがいのある親分なのだ。吉次親分の女房であるお澄は、目白不動のそばで小間物屋を営んでおり、店の奥が一家の住まいとなっている。お澄のところには、昨年までせせらぎ庵に通っていたおみえが住み込みの女中をしていた。吉次親分への挨拶も大事だが、平太としては、久しぶりにおみえに会うのも楽しみだった。

目白不動への参拝客の間を縫い、お澄の小間物屋にたどり着いた平太は、裏の勝手口にまわった。商売をしている家のほとんどは、二日からが初売りだ。お澄の小間物屋にも初売り目当ての客が押し寄せていたので、とても表からは入れそうもなかった。

「ごめんくださいい、せせらぎ庵の平太です。あけましておめでとうございます」

裏へまわっておとないをしたところ、平太はおみえの出迎えを受けた。

「あら、平ちゃんじゃない、あけましておめでとう」

「おみえちゃん……」

久しぶりに会うおみえの姿に、平太はおもわず目を奪われてしまう。

おみえはもともと目鼻立ちが整った器量よしではあったが、手習いをやめて女中として勤めだしてから、いっきにおとなびた。背丈がしなやかに伸びて、梅の花模様をあしらった着物や、髷（まげ）に挿した簪（かんざし）がよく似合っている。

平太が声も出せずにぼんやりしていると、奥から、綿入れを羽織った吉次親分が、寒そうに両手を擦り合わせながらあらわれた。

「おやおや、誰かと思ったら、せせらぎ庵の坊主じゃねぇか」

「吉次親分、あけましておめでとうございます。昨年は大変お世話になりました」

「あぁ、あけましておめでとう。こちらこそ世話になったな」

「千世先生からも、落ち着いた時分に改めてご挨拶にうかがいますから、くれぐれもよろしくと言（こと）づかっています。今年もどうぞよろしくお願いします」

生真面目(きまじめ)に挨拶をすませた平太を前に、吉次親分はにやりと笑う。

「ご丁寧にすまねぇな。先生にも、くれぐれもよろしく伝えておくんな。それはそうと、どうだい、おみえには久しぶりに会ったんじゃねぇのか？　積(つ)もる話もあろうから、ちょいとあがっていくかい？」

「い、いえ」

吉次親分からの誘いはありがたかったが、平太はあわてて辞退した。

「おみえちゃんも店番があって忙しいでしょうし、じつは、おれもこれから町内の年会に出ないといけないので。また機会を見て寄らせていただきます」

「そうかい、お前も忙しいな」

「すみません」と頭を下げつつ、平太はすこし嘘をついてしまったことを、心のなかで詫(わ)びた。年会までにはまだすこし時があったのだが、すっかりおとなびたおみえを前に、何を話してよいかわからなかったのだ。吉次親分も、平太の複雑な心情をわかっているのか、それ以上引き止めはしない。

暇(いとま)を告げた平太が勝手口を出ると、表通りまで、おみえが見送りに来てくれた。

束の間、肩を並べて歩きながら、おみえは、せせらぎ庵に通っていたときと変わらず「平ちゃん」と呼びながら、愛くるしい笑顔を向けてくる。

「今日は久しぶりに会えて嬉しかった。きっとまた寄ってね。わたしも、手伝いを覚えるのに忙しくて、千世先生のところにご挨拶に行けてないのだけど、先生にもよろしく言ってもらえるかな」

「うん、必ず伝えておくよ。先生も、おみえちゃんのこと、とても気にしていたからね」

「ほんとうに？」と、おみえは微笑む。

「手習いをやめても、気にかけてもらって嬉しいな」

「千世先生は、そういう人だからね。ところで、おっとめのほうはどう？　吉次親分やおかみさんとも、うまくやっている？」

「もちろんよ。おつとめも楽しいし、親分やお澄さんにも、とてもよくしてもらっている。何よりも算盤が役に立つし、店番をまかせてもらうこともあって、とてもやりがいがあるの」

正月にふさわしい、晴れやかな表情でおみえはこたえた。そんな様子を見ていると、平太も嬉しくなってしまう。おみえがせせらぎ庵をやめたことは寂しいが、つらい時期を乗り越え、「役に立っている」と自信を持ち、明るい表情ができるようになったのであれば、新天地へ送り出してよかったと心から思うのだった。

平太もおもわず笑顔を返す。

「元気そうでよかった。ほんとうによかった。かならずまた顔を見に寄るから、おみえちゃんもおつとめ頑張って」

「平ちゃんも、千世先生やみんなと仲良く。手習いを頑張って、立派な人になってね」

表通りにさしかかり、おみえにもう一度手を振ってから、名残惜しさを振り切って平太は前を向いた。

歩きながら、いい正月になったとしみじみと嚙みしめている。

こんなに清々しい気持ちで正月を過ごすことも、浅間山噴火に遭う以前の、家族そろっての正月以来かもしれない。平太は心があたたかくなるのを感じていた。

おみえと別れたあと、平太は目白不動に参り、目白坂の道なりにあった絵双紙屋の初売りを覗いてから、町内に引き返して年会に顔を出した。

年会に集まって来るのは、町内の各長屋の家主や、商家の主などだ。場所は毎年持ち回りで、参列者の家のどこかになる。今年は、せせらぎ庵から通りを挟んで斜向かいにある、いろは長屋の家主さん宅だ。いろは長屋の家主は昨年末に、老齢の先代から跡取りに代が移ったので、そのお披露目も兼ねてのことだろう。代替わりしたいろは長屋の家主は、名を仁兵衛という。

仁兵衛は、先代の娘婿という、四十手前くらいの痩せた男だ。細い目であたりを見回し、人の出入りを幾度も確かめたり、座布団を数え直したりと、神経質そうにも見える。年会への初顔出しで緊張しているのか、つぎつぎとやってくる先代の知り合いたちに、しきりに頭を下げている。

そんななか平太が顔を出すと、仁兵衛が苛立たしげな声を投げつけてきた。それまで平身低頭だったのが、尊大そうに態度が一変したのだ。

「おいおい、お前は誰なんだい。ここは小僧なんかが来るところではないぞ」

「斜向かいのせせらぎ庵から参りました。平太といいます。尾谷千世先生の名代です」

「せせらぎ庵だって？」という、仁兵衛の声はにくにくしげだ。細い目をさらに細めて睨まれてしまう。

「悪名高い、悪童ばかり通ってくる手習い所だな」

だしぬけに「悪名高い」だとか「悪童ばかり」と大声で言われ、さらに鋭く睨まれ、平太は面食らった。

だが、それにお構いなく、仁兵衛は神経質そうに喚き散らす。

「噂通りろくでもない手習い所らしいな。小僧なんかを代わりに寄越すとは、鬼千世先生もどうかしている。町内のことなんてどうでもいいと思っているのだろう」

「いえ、そんなことは。先生はたまたま用事が重なっただけで」

「もういいから、せめて周りに迷惑をかけぬよう座敷の隅にでも座っていてくれ。おとなしくしているんだぞ」

「はぁ……」

言われなくても、もとから隅っこで小さくなっているつもりだった。つい口ごたえしそうになるのをかろうじて抑え、平太は座敷にあがる。

——仁兵衛さんって、まるで、せせらぎ庵を目の敵にしているみたいだな。

心のなかで呟きながらも、平太は言われたとおりに座敷の隅に落ち着いた。新年早々から喧嘩も無粋であろうし、ここは年会が終わるまでおとなしくやり過ごすにかぎる。

平太のあとに二、三人の男たちがやってきたところで、年会がはじまった。

年会に参列しているのは、ほとんどが四十から六十歳くらいの旦那衆といった顔ぶれだ。

まずは年嵩（としかさ）そうな旦那が新年の挨拶をすませたあと、乾杯をし、代替わりした仁兵衛の紹介があり、つぎに今年一年の町内での当番を決めることになった。当番というのは、町内の治安や景観を維持するための簡単な役割決めだ。

表通りの掃き掃除だったり、番屋に詰める順番だったり、火の番や夜廻り、木戸番など。ほかにもいくつか細かい当番もあるが、それらを年のはじめに決めてしまう。あくまで町内の決まりごとであるし、無理やりさせられるものではないが、ご近所どうし円滑に過ごすためにも引き受けるに越したことはない。せせらぎ庵は、いつもの通り門前をはじめ、決められた掃除当番や溝（どぶ）さらいを担（にな）うことになった。平太は割り振られた役割をただ「承知しました」と受け入れる。千世にもそれでよいと言われていたからだ。

「それでは皆さん、今年もよろしく頼みますよ」

こうして当番がすべて決まり、年嵩の旦那のひとりが話を締めかけたときだ。

「もうひとつお話があるのですが」

ふいに、いろは長屋の仁兵衛が手をあげた。旦那衆がいぶかしげに新顔に目を向ける。

「どうしました、仁兵衛さん」

「じつは皆様にお気をつけいただきたいことがあるんです」

「ほう、いったい何かな？」

「先日、知り合いから耳にしたのですが、近ごろ町内のあちこちで空き巣に入られているというのです。金銭や銭に換えられそうな品をごっそり盗まれるとか。皆様は、空き巣のことを見たり聞いたりしたことはございませんか」

「空き巣だって？」と、旦那衆は首をかしげている。

仁兵衛が語る町内とは、この寄り合いに参加している界隈のことではなく、牛込水道町全体らしい。

旦那衆がざわめきはじめる。

「それはほんとうの話かい？」

「わしの周りでは、そんな話は聞いたことはないが」

「この話は、神田川（かんだがわ）近くに住まう旦那から聞いたものなんです。あちらで、昨年末頃から空き巣に何度もやられたとか。つぎは、我々が暮らすあたりも狙われるかもしれない。くれぐれも用心していただきたいとおっしゃっていました」

「町内でそんな物騒なことが起こっていたとは。たしかに我々も用心に越したことはないな」

「もし差し支えがなければ、わたしが界隈の若い衆を募って、ときどき交代で見廻りをしてもよござんす。こういうことは人の目がものをいいますからね。町の人間の目が光っていれば、不届き者も忍び込みにくくなるでしょうから」

仁兵衛が言うと、年嵩の旦那衆たちが、「そうしてくれると助かるよ」「さすがは、いろは長屋の跡取りだ」などと、相手を誉めそやしはじめる。この年会でただの新顔だったはずの男が、いっきに輪の中心になってしまった。

その様子を、平太がじっと眺めていると、得意げに鼻を鳴らした仁兵衛が、

「それから、あともうひとつだけ大事なことが」

と、話が打ち切られる前にふたたび切り出した。

「わたしが聞いた話によると、空き巣は、どうやら子どもって噂もあるんですよ」

ことさら「子ども」と声高に言いつのりながら、ちらと、仁兵衛が、部屋の隅

っこにいる平太に目を向けた。それを受けて、平太はおもわず身構える。

――子ども？　もしかして、せせらぎ庵の筆子があやしいと言うつもりだろうか。

だが、平太の心配をよそに、ほかの旦那衆は、せっかくのお正月に無粋な話はもういいとばかりに、それ以上は取り合わなかった。

「空き巣が子どもって話は、それは、いくら何でも眉唾だろうがね」

「はっきり見た者はいないいんだろう？」

「話はこれでしまいとしよう。とにかく、見廻りのことは頼んだよ」

旦那衆は苦笑しながら、正月のお祝いに戻るべくつぎつぎと腰を上げる。話を打ち切られた仁兵衛は釈然としないといったふうに眉をひそめたが、口に出しては何も言わなかった。

これでようやく年会がお開きになったので、平太もほっと息をついたあと、痺れた足をごまかしつつ立ち上がる。

旦那衆が「よろしく」「では、また」と挨拶を交わすなか、平太もまた、人々の間を縫って部屋の出口へと急いだ。ところが敷居をまたぎかけたところで、ふいに仁兵衛に呼び止められた。

「せせらぎ庵の平太といったか、今日はご苦労さんだったね」

「いろは長屋の家主さん……」

あまりかかわりたくない人物であるとはいえ、じかに呼び止められては、こたえないわけにはいかない。平太は立ち止まって頭を下げた。

「仁兵衛さんも、お疲れ様でした。年会で決まったことは、かならず千世先生にお伝えしますので。では、これで」

「いましがたの話だけれど」

「はい？」

「空き巣が、子どもかもしれないって話だよ」

相手の言い方に棘があるのを敏感に察し、平太はあいまいに返事をした。

「えぇ、空き巣だなんて物騒ですね。このことも、気をつけるように千世先生に言っておきます」

「空き巣のこともそうだが、盗人が子どもだってことが由々しきことだと思わんかね。子どもといえば、町なかでも多くの子どもが出入りするのが手習い所だ。この年会の列席者では、せせらぎ庵か、もう一軒、柏陽堂くらいか。千世先生や平太は、空き巣にかかわっている子どもたちのことを、何か聞いたり知っていたりはしないかね？」

「知りません、空き巣の話も今日はじめて聞きましたから」

「ほんとうかい？」

「柏陽堂のお師匠さまにも聞いてみたらいかがですか？」

「あいにくと、あちらのお師匠は今日いらしていないんだ。うちと同じで、柏陽堂でも師匠が代替わりしたから、慌ただしくしているんだ」

柏陽堂とは、通り二本先にある手習い所なのだが、手習い師匠は、お城にも上がったことがある高名な学者という触れ込みで、大店や裕福な武家の子が多く通い、月謝も高いと聞いたことがある。その人物が高齢のため隠居し、手習い所を閉めるか、誰かに後を任せるか、検討していたところ、最近やっと跡取りが決まったのだろう。

なおも、仁兵衛が探るようにじっと目を向けてくるが、平太は我慢して目を逸らさなかった。相手はずいぶんとせせらぎ庵を目の敵にするが、平太としては後ろめたいことなどない。ここで怯んで、ありもしないことを勘繰られたくなかった。

「とにかく、空き巣の噂なんて聞いたことはありませんし、こたえられることもありません」

「いや、しかしね。子どものことは、子どものほうがよく知っているだろう。些細なことでもいいから思い出してみてくれないか」

さらに追及されそうになったところで、ふたりの話に、ほかの旦那衆数人が割り込んでくる。

「ちょいと、ちょいと、せせらぎ庵の小僧さん」

「はい？」と、平太は、仁兵衛の追及から逃れるために、呼びかけにこたえた。

「何でしょうか？」

「おたくの鬼……いやいや千世先生は、今年は酒宴にも顔を出さないのかね？」

「あいすいません。先生は、今日はあいにくと都合がつかないそうで」

「おやおや、そいつは残念だ」と、話を聞きつけたほかの旦那衆もわらわらと集まりはじめる。どうやら旦那衆は、酒豪で知られる千世との飲み比べを楽しみにしていたらしい。

「なんだって、千世先生は酒の席にも来ないのかい？」

「あの酒豪がいないんじゃ、すこしつまらんな」

「せっかくの正月だから酒でも酌み交わしたかったが。また来年には年会に顔を出すよう言っておいておくれ」

「ありがとうございます。帰ってからお伝えしておきますね」

旦那衆のおかげで、話がすっかり逸れてしまった。仁兵衛はあからさまに迷惑そうに顔をしかめているが、平太にとっては願ったりだ。「ではこれで」と仁兵衛や旦那衆に背を向けて、その場からの脱出を試みる。

年会のあと、主だった旦那衆は酒宴になだれこむのだろうが、子どもの平太はそれ以上引き留められることもない。皆が話に興じている隙に、土間で草履に足を通した。

背後で、旦那衆の話はまだつづいている。

「しかし、さっきの空き巣の話はずいぶん物騒だったなぁ」

「でもまぁ、うちの町内には鬼千世さまがいるからな。あの人の噂を聞いていれば、妙な輩も恐れ入って寄りつかないんじゃないのかい」

「薙刀ふるった鬼千世さまに追いかけまわされるのがオチですからな」

なるほど、せせらぎ庵——手習い師匠である千世は、町内の人にそんなふうに見られているのかと、平太は得心した。

だが、このときばかりは、千世のそんな印象に助けられた。

草履に足を通しおえた平太は、旦那衆に向かって胸をはってこたえる。

「えぇ、千世先生なら、空き巣が来たら薙刀振り回して追いかけまわすでしょうね。旦那さまがたも、空き巣を見かけたらお知らせください。すぐに千世先生が飛んで行きますよ」

平太が言うと、「さもありなん」と旦那衆が笑い声をあげる。面白くなさそうに顔をしかめているのは仁兵衛のみだ。

場が盛り上がっている隙に、平太は玄関を出た。

仁兵衛の執拗(しつよう)さはすこし気にかかるが、いまは構っていられない。ここで平太がよけいなことを言えば、かえって千世に迷惑をかけるかもしれず、さらに妙な疑いをかけられることだってあるかもしれないのだ。

――痛くもない腹を探られるのは御免だ。

そんなことを考えながら、平太はその場をあとにした。

「たしかにせせらぎ庵には、よその手習い所にいられなくなった子が多く通っている。悪童ばかりだと言われても、違うとも言い切れない。でも、だからこそ、そんな子たちを見はなさないためにも、なくてはならない場所だと思うのですよ」

平太から、年会での話を聞いたあと、実家での用事を終えて帰ってきていた千世は、落ち着いた調子でのたまった。

空き巣騒ぎの話が出たことと、仁兵衛に言われたことなども知らされて、それでもなお千世は嫌な顔をするどころか、「空き巣を見かけたらせせらぎ庵へ」という最後の話には面白がってみせる。

「いいですね。そんな不逞(ふてい)な輩を見かけたら、いつでもわたしのところへ知らせてくれたらよいのです」

だが、平太はとても笑い飛ばせる気分ではない。仁兵衛のことを思い出すと、胸がむかむかしてくるのだ。

平太が仏頂面(ぶっちょうづら)でいると、昼餉を食べながら知らせを受けていた千世は、箸(はし)を置いてから尋ねてくる。

「仁兵衛さんから言われたことが気になりますか」

「だって、あの人、せせらぎ庵をことさら目の敵にしているみたいでした。自らの目で見たわけでもないのに空き巣が子どもだって決めつけているし、柏陽堂のお師匠さんだって会合に出ていなかったのに、せせらぎ庵や千世先生ばかり悪いふうに言って」

「ふふ、うちが『悪名高い』『悪童ばかりが通ってくる』手習い所だからなんでしょうね」

「だから、そもそもそれが誤解ですよ」と、平太はいまだ憤慨がおさまらない。

「仁兵衛さんって、いったいどんな人なんですか。先代のいろは長屋の家主さんは、あんなに口うるさい人じゃなかったはずですけど。町内の顔役で、懐が深くて。せせらぎ庵を開くときも力添えをしてくれたんですよね。それなのに、跡取りのほうは、なぜあんな態度を取るのでしょう」

「さて、わたしも、仁兵衛さんとはあまり話をしたことがないのですが」

仁兵衛がいろは長屋に婿に入ったのは、千世がせせらぎ庵を開くすこし前のことだったらしい。まだ婿に来たばかりで、千世ともさほど交流をすることがなかった。

「先代の娘さん——およねさんとおっしゃるのだけど、およねさんとは、幾度か話をしたことがあるのですけどね。お母上を早くに亡くして、家のことを手伝っているうちに婿をもらうのが遅くなってしまったとか。でも、仁兵衛さんとは慕い合って一緒になったと言ってましたから、仁兵衛さんだって、さほど悪い人ではないと思うのですよ」

「そうでしょうか」

　平太がぷっと頬を膨らませるので、千世はおかしそうに笑う。

「平太ったら、すっかり臍（へそ）を曲げていますね」

「だって、仁兵衛さんはすくなくとも子どもが嫌いみたいだもの。千世先生もそう思うでしょう？」

「さてさて、人のことは容易にはわかりませんし、うわべだけで見るものでもありません」

　昼餉をすませた千世は、茶碗と箸とを両手に、ゆっくりと立ち上がった。

「空き巣の一件は、わたしたちには後ろ暗いところがないのですから、堂々としていればいいのです。悪童ばかりだと揶揄（やゆ）されても、言わせたい人には言わせておきなさい。せせらぎ庵ができて、まる四年。今年でやっと五年目ですよ。手習い所としては、まだまだこれからです。ご近所さんと交流を持って、すこしずつわかってもらうしかないのですから」

　なるほど、と平太もひとまずは得心した。周囲が何と言おうと、千世の考えは揺るがない。周囲がいつか理解してくれると自信も持っている。同時にそれは、平太たち筆子のことも信じてくれている、ということなのだろう。

千世の思いがわかり、平太の心もすこし軽くなった。

「わかりました。陰口は気にせず、手習いに精進します」

「よろしい。では、そろそろ午後の支度をはじめましょう」

話が一段落したところで、せせらぎ庵でもやっと新年のはじまりだ。午後からはさっそく筆子たちがやってきて、書初めの会を行うことになっていた。

門松が飾ってある門前で平太が待っていると、

「あけましておめでとう、平ちゃん」

「おめでとう、千世先生」

「今年もよろしくな」

と、顔馴染みの筆子たちが元気よく通ってくる。

「あけましておめでとう。今年もよろしくお願いします」

平太もまた挨拶を返していくのだが、筆子たちの屈託のない明るい表情を見ていると、悪童なんてひとりもいないし、陰口を叩かれたとしても、大したことではないとも思えてくるのだ。

今年も、筆子たちにとっていい年になることを願わずにはいられない。

書初めの会には、総勢で九人の筆子が集まった。

昨年から通いつづけている七人——平太、一蔵、留助、おさと、茂一、弥太郎、亀三と、年があらたまってから入って来たふたりの子どもだ。

筆子たちの前に立って「あけましておめでとうございます」と前置きをしてから、千世はまず、新入りの格之進とおゆうのお披露目をはじめる。格之進は御家人の子で十四歳、平太よりふたつ年上だ。背は年相応に高いが、ずいぶん痩せていて、顔色もやや青白く見える。おゆうは十歳とのことだ。伏せがちな目に、長い睫毛が印象深い。ふたりとも緊張の面持ちで自己紹介をはじめる。

「はじめまして、わたしは幸田格之進だ。じつは、わたしにとって、これがはじめての手習いになる。慣れないことばかりなので、いろいろと教えてほしい」

「……ゆうです。よろしく」

「ゆう」という小さな名乗り声を聞いた時、平太はどきりとした。妹と同じ名だったからだ。聞き間違いではないかと、もう一度名を尋ねかけたが、その前に、年下組の三人が矢継ぎ早に問いかけた。年下組にとって、武家の子と交わるのははじめてでもあり、興味津々だ。

「ねぇ、格之進さんは、どうして十四にもなってはじめての手習い通いなんだい？」

「ほんとうに、はじめてなの？」

「お侍さまって、どんな暮らしをしているの？　おいらたちと違って裕福なんだろうな」

「これ、茂一、弥太郎、亀三、失礼ですよ」

「いいんです、千世先生」

格之進が、年下組をたしなめる千世を制して、言葉をつづける。

「わたしは幼い頃から病がちで、ずっと手習いに出られないでいたんだ。せせらぎ庵では体の調子に合わせて手習いができると聞いたので、ここに通わせてもらうことにした。あと暮らしぶりだが、我が家は小禄の分限で、きっとみんなとさほど変わらないと思う。こんなところかな。どうぞよろしく」

格之進が武士の子らしく律儀にお辞儀をすると、ほかの筆子たちも元気よく「お願いします」と返していく。格之進は病がちとは言うが、痩せっぽちな体とはうらはらに明るい性分であり、かつ威張ることもないので、平太たちのほうも自然と明るくなってしまう。

格之進は、すんなりと筆子たちに溶け込むことができそうだ。

いっぽう、筆子たちがつぎに気になるのは、もうひとりのおゆうだ。

茂一と弥太郎と亀三に代わり、おさとが、うつむいたままのおゆうに問いかけた。おなじ女の子どうし、純粋に興味がわいたのだろう。

「おゆうちゃんは、何か嗜んでいるものがありますか？　お唄とか踊りとか、あと好物は？」

なにげない問いかけだが、おゆうは口ごもってしまった。迷ったすえに、

「とくには……」

と、やはり小さな声で、そっけなくこたえた。

「習いごとは、読み書きと算盤をすこししてきただけです。前は同じ町内の岸井塾に通っていました。好物は……すぐには思いつきません。家の都合でときどき休んだりすることもあるけど、これからよろしくお願いします」

こたえる間も、おゆうのまなざしはずっと足元を向いたまま、誰とも目を合わせないので、ほかの筆子たちもどう返していいかわからず無言のままだ。

おさとも、それ以上は何も言えなくなってしまう。

手習い部屋が、かすかに重い空気につつまれた。

「……なぁ、おゆうちゃんって子、ちょっと話しにくいね」
「女の子だから一緒に遊ぶこともないだろうけど」
「でも、格之進さんは楽しそうな人だし、ちっとも偉ぶらないし、いいじゃない」

茂一、弥太郎、亀三のひそひそ話が、すこし離れたところに座っている平太の耳にも届いてくる。おゆうにも聞こえているかもしれないと、冷や冷やした平太が様子をうかがうと、当のおゆうはまったく表情を変えていない。聞こえたのか、聞こえなかったのかわからないが、相変わらず下を向いているだけだ。

——あの子、大丈夫かな。みんなと仲良くなれるかな。

気がかりになって、平太は、ちらと千世の様子を覗き見た。だが、千世は特段気にしたそぶりはない。すこし気にしすぎだろうかと、平太は自省した。

浅間山噴火で行方知れずになった妹と同じ名であったし、元旦に妹が出てくる夢を見たばかりだから、とくに気になってしまうのだろうと思った。

おゆうは笑うことなく、表情がほとんどない。明るくて、ころころとよく笑っていた妹とは違う。それに、噴火があったとき妹はまだ四歳だったし、似ても似つかない。

――あまり、気にするのはよそう。

平太が己を納得させたところで。

こうして新入りふたりの挨拶が終わり、つぎに手習い師匠、鬼千世先生が話を引き継いだ。

「格之進、おゆう、どうもありがとう。ほかの皆も、新しく入ってきたふたりと仲良くしてくださいね。それから、もうひとつお知らせがあります。知っている人もいるかもしれませんが、一蔵がこの春から奉公に上がることが決まりました」

突然の知らせに、それまで新入りのことばかり気にかけていたほかの筆子たちは、いっせいに一蔵のほうへ視線を向ける。

「え、一蔵ちゃんが？」

「ほんとうかい、いっちゃん。いますぐ手習いをやめちまうのかい？」

「どこに奉公に上がるの？」

「目白坂沿いにある、摺師の工房なんだ」

一蔵は絵を描くことが得意な子どもだ。以前はべつの手習い所に通っていたが、絵が上手く描ける反面読み書き算盤がやや苦手で、筆子仲間から置いてきぼりにされ、手習い師匠にも匙を投げられ、やめることになってしまった。一時は手習いに通うことを恐がっていたが、せせらぎ庵では絵だけ描いていてもよいと言われたので、気を持ち直して通いつづけることができた。

そんな一蔵も、今年で十三歳だ。男の子はおおむね十歳から十二歳のあいだに奉公に出ることが多いから、すこし遅くはあるが、錦絵の摺師見習いとしての修業がはじまる。昨年の秋頃に奉公に上がる話があったものの、奉公先の師匠が体調を崩したことと、本人もまだ焦りたくないと望んでいたので、年明けに持ち越しになっていた。

「みんなには親切にしてもらって、ほんとうに楽しかった。あと残りすこしでせせらぎ庵を出て行くことになるけど、最後まで変わらず仲良くしてくれな」

一蔵が挨拶をするあいだ、平太と留助は顔を見合わせる。ふたりは事前に一蔵本人から話を知らされていたのだが、改めて聞かされると、寂しさをおぼえずにはいられない。

挨拶が終わると、千世が話を締めくくる。

「新しく入って来る子もいれば、巣立つ子もいます。皆に言えることは、今年も望むことを一所懸命学んでください。そのための手助けでしたら、とことんつき合うつもりですから」

新しく入って来たふたりも、近々巣立って行く一蔵も、ほかの筆子たちも、千世の言葉に真剣に頷いていた。

新しい年、各々も心機一転。ひととおり話がすんだところで、新年の抱負を披露するための書初めがはじまった。

八畳ほどの手習い部屋、枡形に並べた机を前にして、筆子たちが思い思いの場所に座る。千世が筆子たちひとりずつにまっさらな半紙を配っていくそばで、手伝いの平太も、おろしたての墨を一つずつ置いていく。

「年が明けて思ったこと、一年の抱負、どんな年にしたいか。思うまま書いてくださいね。お正月にまつわることでもいいですよ。何にせよ丁寧に、思いを込めて書くのですよ」

「はぁい」といっせいに返事をした筆子たちは、与えられた真新しい墨を手に、いつもより気合をこめて磨っていく。

真新しい墨を磨りつつ、平太も気を引き締める。

子どもたちは半紙と向き合い、悩みに悩んで文字を絞り出す。なかにはすぐに書き始める者もいるが、「これは違う」と書き直す者もいる。漢字がわからない子どもは、ひとつひとつ千世に手本を書いてもらっている。取り組み方はさまざまだが、皆が真剣だった。

半刻(約一時間)をかけてそれぞれ書き上げたのが、「初志貫徹」「一日一善」「早寝早起」「一心不乱」「千客万来」「謹賀新年」「無病息災」「笑門来福(しょうもんらいふく)」などといったさまざまな抱負だ。年上組は明確な目標があるものが多いが、年下組は縁起物の書初めが多い。

「茂一ちゃん、『千客万来』って何だい?」と、自分は『初志貫徹』と書いた一蔵が、からかい口調で尋ねている。

「それって一年の抱負なのかい?」

「もちろんだよ。おいらのうちは搗米屋(つきまいや)だから、この一年もたくさんのお客さんが来て繁盛(はんじょう)しますようにってことだい。うん、よくそんな言葉知っているって? もちろん知らなかったから、さっき千世先生に教わったんじゃないか」

小気味よく茂一は説明する。

茂一は、最年少ながら年下組の中心だ。よくお喋りをするし、じっとしていることが苦手なので、大人数が通う手習い所では迷惑をかけるのではと、いっときは家に手習い師匠を招いて手習いをしていたという。

一蔵と茂一は遠い親戚らしく、一蔵がせせらぎ庵に落ち着いたのを見て、茂一の親も、倅（せがれ）をせせらぎ庵に預けることを決めた経緯がある。

そのふたりを中心に、わいわいと筆子たちが書初めの話で盛り上がっている。人の数だけ、一年の抱負があるものだと、平太もまた、ほかの書初めを見るのが面白かった。

当の平太は「一所懸命」という言葉を選んでしたためた。

生まれ故郷を離れ、江戸で学ぶ道を選んだ平太は、いまはとにかくせせらぎ庵という場所で一所懸命に生きること。このことに尽きる気がしていた。我ながら、なかなか渾身（こんしん）の作だと思いながら筆を動かした。

いっぽうで、子どもたちのかたわらで、千世も文机（ふづくえ）に向かって一筆したためていた。

千世はいったい何を書いているのだろうか。平太が横から覗き見てみると、達者な筆さばきで、

『雨垂れ石を穿（うが）つ』

と書いている。

書初めを終えた子たちが「どんな意味ですか？」と尋ねると、千世は筆を置い

てからこたえた。

「これはね、少しずつ滴り落ちる雨垂れであっても、長く同じ場所に落ち続けると、やがて硬い石にも穴を開けられる。つまり、たとえ小さなことでもこつこつと根気強くつづけていれば、やがて大きなことが成し遂げられる。そんな意味ですよ」

「へぇ」と筆子たちは感心しきりだ。

「そんな意味があるんですね」

「いまも昔も、わたしの支えとなってくれている言葉です。あなたたちも、どんなことでもいい。やりたいものを見つけ、努力を積み重ねていって、ひとつのことを成し遂げてほしい。そう願って書きました」

千世の言葉を、筆子たちはそれぞれに受け止めたらしかった。素直に頷く者もあり、やりたいことは何だろうと首をかしげる者、ただ黙って文字を見つめる者。一年のはじまりに、みな思うところがある。

こうして全員が書初めを仕上げ、墨が乾いたところで、千世がそれぞれの書初めを、手習い部屋の壁一面に貼り付けていった。さまざまな思いがあっても、書初めが並ぶさまは壮観で、子どもたちはおもわず手を叩いたり歓声を上げたりした。

「良い一年になりますように。いっちゃんのあとにつづけますように。みんな仲良く。せせらぎ庵がもっとご近所に受け入れられますように」

平太もまた願い、志を新たにしたのだった。

ところが——新年の抱負の書初めをした日から、わずか数日後のことだ。平太は、千世から思いがけぬことを聞かされた。

およそふた月後にせせらぎ庵をやめるはずだった一蔵が、予定が早まり、来月にも頃合いを見て奉公に上がることが決まったというのだ。

奉公の時期が早まったのは、摺師の師匠——伝介（でんすけ）と、伝介が切り盛りする工房が、春から、いま以上に多忙になるためだった。春先に歌舞伎（かぶき）の大きな興行があるらしいのだが、そこで、いま売り出し中の絵師が、看板役者の錦絵を描くことになった。その錦絵の摺りを、伝介工房が担うことになったのだという。

伝介にはもちろん幾人かの弟子がいるが、それでも手が足りなくなるかもしれない。そこで、

「春からしばらく慌ただしくなる。その前に、一蔵に見習いの仕事をひととおり仕込んでおきたいのだ」

と申し出てきた。

まだまだ見習いとして簡単なことしかできないまでも、一蔵の腕を見込んでのことだと、伝介自らが足を運んで話をしに来た。

淡々と、それでも熱い思いを語る伝介は、藍の作務衣姿が堂に入っている、齢六十を超える老職人だ。骨ばった顔つきと固く結ばれた口元には、頑固そうな職人気質がうかがえる。

千世と一蔵、一蔵の両親も加えて話し合ったところで、この月末に奉公に上がる、つまり、せせらぎ庵をやめる運びとなった。

話が来たときに、念のため、千世は一蔵の意思をたしかめた。

「急な話ですが、無理をすることはないのですよ。一蔵がまだ早いと思うのであれば、先方とも、もう一度話し合いをしてみましょう」

「いえ、おいらやります」

いつもはおっとりとしている一蔵も、このときは迷わずこたえた。

「おいらはもう十三歳だし、早いとは思いません。修業をして、いっぱしの摺師になるって決めたんです。いつでも奉公に上がるつもりでいました。おとっつぁんもおっかさんも、承知してくれています」

「わかりました。わたしは一蔵の決めたことを信じますよ」

一蔵の決意を聞いて、鬼千世先生もおもわず表情をゆるめた。

読み書き算盤がすこし苦手で、ほかの手習い所で置いてきぼりにされ、せせらぎ庵に来てからも問題を起こすことが多かった一蔵が、己の足でしっかり歩み出そうとしている。

手習い師匠にとって、これほど感慨深いものがあるだろうか。

千世と一蔵が話し合っているのを、手習い部屋の片づけをしながら聞いていた平太も嬉しくなってしまう。町内の年会でせせらぎ庵のことを悪く言われたばかりなので、「どんなものだい」と誇りたくなる気持ちもあった。

「よかったね、いっちゃん」

「うん、おいら頑張るよ」

「それでは十日後を目処に、一蔵の大浚（おおさらい）をしましょう」

大浚とは何だろうか。平太が首をかしげると、千世がこたえてくれる。

「手習い所を巣立って行く者が、これまで学んできたことをどれだけ身につけたか、簡単にお浚いをするのですよ。難しい問答はしません。奉公に上がるために知っておいたほうがよいことを、ひとつひとつ確かめてもらいたいだけなのです。できないところは奉公までに学びなおせばいい。ひととおりお浚いしておけば、一蔵も安心でしょう」

「はい、お願いします、千世先生」

こうして一蔵が奉公に上がる日取りと、大浚を行う日取りも決まったのだが。

「いっちゃんが早くいなくなっちまうのは寂しいけど、絵にかかわる修業ができるんだもの。喜ばなくちゃいけないね。ねぇ留ちゃんもそう思うでしょう?」

平太は、一蔵と一緒に帰るため、部屋のすみで居残っていた留助のほうを見た。一蔵の門出は、当然のごとく留助も喜ぶに違いないと、信じて疑っていなかったのだ。ところが留助は、すぐにこたえない。どこか上の空で、天井をぼんやりと見つめていた。すこしの空白があったあとにやっと、

「う、うん、そうだね。おめでたいね」

とあわてて目線を戻してこたえた。

留助は体の具合でも悪いのだろうかと、平太はすこし訝しんだ。このときは、そんなふうにしか思えなかったのだ。

一蔵の奉公が決まったあと、せせらぎ庵に通うほかの筆子たちも、にわかに活気づきはじめた。

特に、一蔵と一番の仲良しの留助は、いつになく手習いに熱を入れているかに見えた。

この日も留助はいつも通りせせらぎ庵にあらわれ、千世の手本を見ながら漢字を書きなぞっていく。漢字の読み方、意味なども熱心に教わっていた。そんな姿を見て、平太も負けていられないと奮起した。

そんな調子で手習いに取り組み、八つ時に手習いが終わったあとのことだ。

「平ちゃんと留ちゃんに頼みがあるんだけど」

平太が門前まで筆子たちを見送っていたところ、いったん帰ろうとした一蔵が両手を合わせながら声をかけてきたので、平太と留助はいったい何事かと身構える。

「どうしたの、いっちゃん？」

「あのさ、これから伝介さんの工房に寄りたいのだけど、一緒に行ってくれないかな」

「伝介さんの工房？」

平太と留助はおもわず顔を見合わせた。

「いっちゃんが奉公に上がる摺師の師匠のところかい？」

「うん」

一蔵が奉公することになっている摺師の伝介工房は、吉次親分の住まいがある目白不動の近く、目白坂沿いにあるという。そこへ見学に行ってみたいと一蔵は言うのだ。

奉公に上がる時期が早まり、千世にも「やります」とこたえてしまった一蔵だが、いざ来月からのことを考えると落ち着かなくなったらしい。奉公初日に遅刻したらどうしようとか、師匠や兄弟子たちとうまくやっていけるのか。そもそも己が摺師に向いているのか。考え出したらとまらなくなったという。

「おいらって要領が悪いからさ、かんじんのところでヘマをしちまいそうで。だから奉公に上がる前に一度訪ねてみて、雰囲気を見ておきたくてさ。工房の手前までで いいんだ。もし平気そうだったら中も見てみたいけど、ひとりじゃ心細いし。なぁ頼むよ、平ちゃん留ちゃん、一緒についてきてくれないか」

「なるほど、そういうことか」と、平太と留助も得心した。

「今日はお遣いもないし、おれは行けるけど。留ちゃんはどう？」

一蔵に乞われ平太は快諾し、留助のほうをうかがった。留助もすこし間を置いたあと、

「あまり遅くならなければいいよ」

と、こたえる。その返事はやや元気がなく聞こえたので、このときになって平太は、留助の様子がすこし気になりはじめた。思い返せば、一蔵の奉公が早まると決まったときも、こんなふうに様子がおかしくはなかったか。

――いっちゃんが出て行ってしまうのが、やっぱり寂しいのだろうか。

寂しいと言えば、もちろん平太も同じだった。一蔵は、せせらぎ庵に通う筆子たちのなかでは古株のひとりで、太陽みたいに明るくて優しい子なのだ。留助でなくても、筆子たち誰もが別れを惜しんでいるだろう。それでも、留助は一蔵とともにいた時がもっとも長いのだから、寂しさもひとしおなのかもしれない。平太は気がかりになった。

とはいえ留助は口に出しては何も言わないので、このときはやり過ごし、平太たちは目白坂沿いにある伝介工房を目指したのだ。

一蔵の案内で伝介工房へ向かう道すがら、

「あれ？　ここは」

見覚えのある場所に出たので、平太はおもわず声をあげた。

そこは平太が、正月二日目に吉次親分のところへ挨拶に行った帰り、ふらりと立ち寄った絵双紙屋のすぐ近くだった。錦絵を売り出すのは絵双紙屋であり、その近くに錦絵作りに携わる絵師や彫師、摺師などがまとまって暮らし、工房を構えていると聞いたことがある。ひとつの作品ができあがるまで、近所でひととおりの作業ができる仕組みだ。

「工房があるのは、鶴屋っていう絵双紙屋の裏のはずだ」

一蔵が指さした表店には、『鶴屋』と暖簾がかかった絵双紙屋があり、工房があるのは、その裏長屋だ。

裏通りに入って行くと、井戸端を通り過ぎ、奥まった長屋の一室から作務衣をまとった男がふらりとあらわれた。桶を持っているから井戸に水を汲みに来たらしい。男が着ている作務衣には色とりどりの顔料がついていたので、おそらく男が出てきた一室が、摺師の工房なのだと想像がついた。男は、平太たちよりいくらか年上くらいの若さなので、摺師の弟子といったところか。

「あっ、あそこらしいぞ」

「どうしよう。声をかけてもいいかな」

平太たちが戸惑っていると、摺師らしい男が、狭い路地にひしめきあっている子どもたちの姿に気づき、胡乱そうな目を向けてきた。

「お前たち、こんなところで何をしている。迷子か？」

「い、いいえ、迷子じゃありません。えっと、その……じつは工房の見学を……」

「なんでぃはっきりしねぇな、ほら、おれは水を汲みてぇから、ちょっと井戸の前を空けてくれねぇか」

忙しくしているのだろう、男がぶっきらぼうに言うので、平太たちはそれ以上何も言えず通りの隅に並んで立ち尽くすしかなかった。

そのときだ。

「この子たち、お前さんとこの工房を見たいんじゃないのかい」

ふいに声が掛けられ、平太たちも井戸で水を汲んでいた男も、声がした表通りのほうに目をやった。

表通りからふらりと路地裏に入ってきたのは、五十絡みの小柄な男だ。藍染の着流しが色白の肌によく似合い、ひらりひらりと舞を踊るような足取りで近づいてくる。

その姿をみとめ、水を汲んでいた男が桶を足元に置いて、あわてて頭を下げた。

「これは仲蔵さんじゃありませんか。ご無沙汰しておりやす」

「やぁやぁご無沙汰。えぇとこちらは……」

仲蔵と呼ばれた人物は、若い男に挨拶を返したあと、平太たちに向き直った。

「きみたち、伝介さんの工房を訪ねてきたんだろう？」

「は、はい」

一蔵と留助がすっかり萎縮してしまったので、平太が代わりにこたえる。

「じつは、この一蔵ちゃんが、来月から伝介さんの工房でお世話になるんです。なので、奉公に上がる前に、一度見学をさせてもらえないかと思って立ち寄ってみました。ことわりもなしに来てしまってすみません」

「なんと、あたらしく修業に来る子なのかい？」

驚いたのは仲蔵もだが、摺師の若い男も同様だった。「それならそうと早く言えばいいのに」と男が肩をすくめるそばで、仲蔵は明るく笑っている。

「なんともまぁ、かわいらしいお客さんじゃないか。お前の弟弟子になるんだね。どうだい、この子たちにひとつ中を見せてやったらどうだね」

「もちろんですよ。仲蔵さんがおっしゃるならなおさらだ」

「ほんとうですか！」

「わっ、ありがとうございます！」

おもわず飛び上がった平太たちを見て、仲蔵は「元気がいいな」と笑い声をあげた。仲蔵という人物は、じつに澄んだ目をしていて、見つめられるとおもわず吸い込まれそうなほどだ。

――この人は、何者だろうか。

平太も一蔵も留助も、突然あらわれた仲蔵という男から目を離せないでいる。すると、摺師の男が仲蔵の素性（すじょう）を聞かせてくれた。

「運が良かったなお前たち。いきなり来て仲蔵さんに会えるとは。この方はな、中村（なかむら）仲蔵さんといって、数多くの錦絵に描かれている当代一の歌舞伎役者だよ」

「えっ！」

中村仲蔵といえば、江戸に来たばかりの平太でさえ聞いたことがある。近年、歌舞伎界を牽引している名題（なだい）という最高位の役者で、中村仲蔵が出演するとなれば興行は連日満員御礼、生ける神さまとさえ崇（あが）められている。当然、江戸っ子で知らぬ者はいないほどの名役者だ。

男の正体を知り、おもわず言葉を失う平太たちの目の前で、仲蔵が満面に笑みを浮かべていた。

その人懐こい表情には、いまが楽しくて仕方がないといった、きらきらした輝きがある。

なるほど名役者というのは、こうした不思議な愛嬌（あいきょう）と魅力があるのだろうと、平太は感心してしまった。

「この一蔵って子が来月から修業に来るそうだ。先に工房を見ておこうとは殊勝な心掛けじゃねぇか。ひとつ見学させてやっておくんない」

「仲蔵さんがおっしゃるんじゃ、断れないね」

伝介工房の見学は、仲蔵のはからいで、いかにも厳格そうな老職人、工房主の伝介からもすんなりと許された。

さて、この絶大な影響力を持つ人物、中村仲蔵は、先にも述べた通り、歌舞伎役者としての最高位である名題を張っている人物だ。

もともと名題とは、名門の出である者しかなれないのが、かつてのならわしだった。だが仲蔵は、名門とは無縁の出自から、実力のみでのぼりつめたのだという。

代表する役どころは、名題となった直後に割り当てられた、『仮名手本忠臣蔵』の五段目、斧定九郎だ。

定九郎とは山中で追剝を行う悪党で、その後猟師の流れ弾に当たってあっけなく死ぬ役であり、しかも薄汚い山賊といった風体だ。脇役も脇役、ことさらに人気のない役だった。

この役は、本来は名題ではなく、ひとつ下の名題下の役どころであったらしい。そのうえ、五段目は本筋にはほとんどかかわりなく、あまり見どころがない場面でもある。五段目で定九郎が出てくる場面といえば、観客が休憩がてら弁当を食べるための「弁当幕」という呼ばれ方さえしていた。

最高位の名題となった仲蔵に、この役が割り当てられたのは、出自が卑しいとされた仲蔵への嫌がらせに他ならない。

だが仲蔵は、嫌がらせをものともせず、定九郎を独自の工夫を凝らして演じきった。

破れた蛇の目傘をもつ白塗りの老人に扮し、血糊を使った演出で、撃たれた壮絶さを鮮明に表現した。観衆の度肝を抜き、弁当幕であるにもかかわらず、誰ひとり休憩に立つ者もいなかったという。

この斧定九郎で仲蔵の地位は揺るぎないものとなり、以降は嫌がらせなどする者もいなくなり、最高の役者と謳われいまに至っている。

その名役者、中村仲蔵はこの日、つぎの興行にかかわる錦絵の作成が決まり、板元に出かけたところ、ついでに伝介工房にも立ち寄ったというのだ。

「この春に、おれぁ役者から足を洗おうと思っていてな。最後の興行ってわけだ。そのときに錦絵を売り出してもらうんだが、摺りは伝介さんにお願いすると決めていた」

「あ、もしかして、春頃に、ここの工房が忙しくなるのって……」

「おれの最後の我が儘だよ」

仲蔵はにっかりと笑う。表情ひとつひとつに華がある。これまで長らくのあいだ、多くの観客を魅了してきた笑顔なのだろう。

「伝介さんとは古くからの付き合いでな。最初から最後まで、おれの錦絵は伝介さんに摺ってもらうと決めていたんだ。だから無理を言って予定を組んでもらったのさ」

「だから急に忙しくなることが決まって、修業の時期が早まったんですね」

「その通りだ」

一蔵がつぶやくと、工房の主である伝介がこたえてくれる。

仲蔵の引退興行のため大忙しになる前に、一蔵には、すこしでも仕事をおぼえてほしい。そう伝介は語った。一蔵はまだまだ見習い中の見習いだ。数十日修業をしたところで、実際に錦絵を摺ることは無理だろう。それでも道具の準備や、下働き、身の回りの世話や片付けなどを覚えておけば、師匠や兄弟子たちの助けとなる。

それを期待して、予定が前倒しになったのだ。

「中村仲蔵の引退興行ともなれば、わしも力を出し惜しみする気はない。渾身の出来栄えになるよう錦絵を摺る。そして望む人たちすべてに錦絵が行きわたるように、何枚でも何枚でも摺るつもりだ。急なことで不安なこともあろうが、一蔵にも力を貸してほしい。今日は思う存分に見学して、何でも聞いていってくれ」

「ありがとうございます、師匠。よろしくお願いします」

伝介のつよい思いに、一蔵もまた感じ入ったのだろう。こたえる声に熱がおびていた。

「おいら、一所懸命修業をします。すこしでもお役に立てるよう精進します。なんといったって、おいらが中村仲蔵さんの最後の錦絵にかかわることができるなんて、こんな幸運なことってないはずだから」

一蔵もまた、伝介や仲蔵にすっかり魅せられ、錦絵作りにかかわることが嬉しくてならない、といった様子だ。

「よろしく頼むぜ」

という仲蔵の言葉を受け、平太、一蔵、留助は、期待に胸をふくらませながら工房中を見わたした。

師匠に当たる伝介をはじめ、摺台に向かい合っていた四人の弟子たちがいっせいに作業に取り掛かるのを、ひとつずつ目で追っていく。

「詳しい話は師匠が追い追いしてくれるだろう。まずは、ひととおりの流れを見てみることだ。簡単なことならおれが解説してやるよ」

平太たちと一緒に、仲蔵もまた興味深そうに作業を眺めながら、請け合ってくれた。

錦絵を作るときは、まず板元が絵柄や摺りの枚数を決め、そこから絵師や彫師、摺師に発注をかける。

「今回の錦絵の発起人は、表店の鶴屋さんだ。あそこは絵双紙屋であり板元でもある」

板元の指示のもと、たくさんの人手を介して仕上がった錦絵は、ふたたび板元に戻され、絵双紙屋などで売りに出される。

「摺師は錦絵の最後の仕上げを任されることになる。板元が絵柄を決め、絵師と彫師が仕上げた版木で、いかに美しく摺り上げることができるか。売り物になるかどうか。最後は摺師の腕前にかかってくるというわけだ」

「なるほど」

平太たちは、仲蔵から錦絵ができるまでの工程を聞きながら、じっと工房の様子を眺めていた。

工房といっても長屋の一室を改装した六畳間だ。そこに摺台や刷毛（はけ）、顔料、紙に馬連（ばれん）に乳鉢などが所せましと置かれている。摺台は五つあり、一番奥に伝介用の台がひとつ、あとは二台ずつ向かい合って置かれていて、弟子たちがそれぞれの台に陣取り、作業に没頭している。

弟子たちが慣れた手つきで版木に顔料を置いたり、馬連で摺ったりしているのを見ていると、やがて一蔵もこの場で修業をするのだと、不思議な感慨がわいてくる。

もちろん当の一蔵はまばたきをするのも勿体ないとばかり、作業の様子をつぶさに眺めていた。

先ほど仲蔵が言ったとおり、錦絵ができるまでには、板元、絵師、彫師、摺師といったたくさんの人がかかわり、多くの工程がある。

まずは板元が、錦絵の絵柄を決めなければ始まらない。いま世間でどんな錦絵が求められているか、どうした錦絵を売り出すか、客が求めているものは何か。それらを見極め、仕事をまかせられる絵師や彫師や摺師を選んで依頼する。

つぎに板元から依頼された絵師が、肉筆画を描いていく。これを版木の元となる版下絵という。薄美濃紙という薄い紙に、墨で精緻に描いていくのだが、色はまだつけない。

つづいては彫師だ。絵師が描いた版下絵をもとに、木版画を彫る。線画を彫りで表現するのだから、じつに細かい作業となる。できあがったものを主版という。主版ができあがったら、それをもとに数枚の紙に摺り、おなじものを幾枚か作る。これを校合摺という。この校合摺ができあがったところで、はじめて絵師が色を入れていく。色の数だけ、おなじ版木を作っていく。色ごとにわかれた版木を色版という。

　そしていよいよ摺師の出番だ。色ごとにつくられた数枚の色版をもとに、版木を変え、摺りを重ね、一枚の錦絵に仕立てていくのだ。数枚の版木を使うが、ずれは決して許されない。積み重ねてきた工程が活きるかどうかは、すべて摺師の腕にかかってくるのだ。

　こうして数多の人の手を通して生み出された錦絵が、巷の歌舞伎愛好家や贔屓筋の手もとに渡っていく。錦絵を手に入れた客たちは、その出来栄えに、ますます熱狂していく。

　ひととおり説明を受けた平太たちは、おもわず感嘆のため息をついていた。

「すごいや……すごいね、いっちゃん」

「ほんとうだね」

　職人たちの手わざに見惚れていた平太たちは、そんなありきたりな言葉しか出なくなっていた。一蔵にいたっては緊張のあまり顔を曇らせている。

「お、おいら、恐くなってきた。ほんとうに大丈夫かな。師匠や兄弟子さんたちについていけるかな」

　そんな一蔵に、最後まで見学に付き合った仲蔵が笑いかけた。

「どうしたどうした、まだ修業もはじまっていないのに物怖じしているのか」

「だって、おいらがこんな凄いことにかかわるなんて、とても無理な気がしてきた。そもそもおいらなんかが、人を喜ばせることなんてできるのかな」

「あのな、おれは思うのだが」

つい一蔵が不安を漏らしてしまうと、突如、真顔になった仲蔵が諭してくれる。

「他人を喜ばせたいのなら、己も楽しまないといけねぇや。商才やら腕前やらは二の次だ。つまりは、己が楽しいと思えることを愚直にやりつづけることが、成功への近道だってことだ」

「愚直に？」

「そう。余計なことを考えずに、一所懸命につとめることだ。おれもそうだったぜ。芝居が好きで好きでたまらなくて、他人にどう言われても、蔑まれても、役がもらえることが幸せで演じつづけられた。名題なんて大層な位は、おまけみたいなものだ」

飄々としているが、仲蔵の言葉には力があった。

家柄に恵まれず、実力のみで最高位までのしあがった男の言葉は、特に一蔵には響いたのかもしれない。一蔵もまた以前通っていた手習い所で、絵ばかり描いていると虚仮にされ、のけ者にされたことがあったからだ。

それがいまは、「自分にはこれしかない」と思えたことを貫き通し、摺師の弟子になろうとしている。望んだ道を選んだのであれば、心から楽しみ、一所懸命に精進することだ。

仲蔵の言葉を受けて、一蔵は大きく頷いた。

「わかりました。おいらは頭はそんなによくないし、要領も悪い。できることなんてあまりないかもしれない。でも、できることは一所懸命に、サボらず、楽しんでやってみます」

「おうおう、そうだ。元来、おれやお前みたいな不器用なやつは、あれこれ難しいことは考えねぇで、やれることをやるしかねぇんだからな」

仲蔵の生き方は、平太にとっても眩しく見える。

まで役者をつづけてこられた。やれることをただ一所懸命にやりつづけた。ばかがつくほどの歌舞伎好きで、役を演じることが好きで、五十を過ぎたこれ

——雨垂れ岩を穿つ。

書初めの会のときに、千世が書いてくれた句を思い出していた。中村仲蔵とい

う人は、まさにそれを体現した人なのだと思った。

平太の心にも熱いものがこみあげてきて、隣に立っている一蔵の肩をつよく握りしめた。

「いっちゃん、今日は来てみてよかったね」

「ほんとうに。ありがとう、一緒についてきてくれて。おいら、すこし自信が出てきた。きっとやっていけると思う。一所懸命に修業する」

「頑張って、いっちゃん」

平太と一蔵が肩を組み合っている横で、留助はしずかに微笑んでいた。

平太は、留助の複雑な気持ちも、わかっているつもりだ。一蔵の門出は嬉しいが、己が置いていかれるのは寂しいだろう。それでも、一蔵が一歩前へ踏み出せたことを嬉しく思っていないはずはない。そう信じたかった。

だから平太はもう片方の手を伸ばし、留助の肩も抱き寄せた。

「ど、どうしたんだい？　平ちゃん」

「ねぇ留ちゃん。おれたちも手習いを頑張って、いっちゃんにつづこうよ」

「………」

「一所懸命やれることを見つけよう」

「……うん。そうだ、そうだよね」

驚きと戸惑いの表情を浮かべていた留助も、平太が励ましてくれているのだと気づいてからは、すこしだけ顔をほころばせた。それを見て、一蔵も笑顔を弾(はじ)けさせる。三人が肩を組み合い、互いを励まし合った。

こうして、じっくり見学をしたあと、夕刻にさしかかってきたところで、平太たちは伝介工房を辞することにした。

一蔵は来月から厄介(やっかい)になる旨、「くれぐれもよろしくお願いします」と、師匠や兄弟子たちに丁寧に挨拶をしてまわる。

挨拶を終えて、工房から辞去しかけたところ、

「ごめんください、鶴屋と申します」

平太たちが帰る間際、表戸が開けはなたれ、前掛けをしたひとりの少年が工房のなかに入ってきた。

元気な掛け声とともに入ってきたのは、手に大きな風呂敷包みを持った少年だ。

「鶴屋から参りました」

前掛けの少年が、もう一度言う。

すると伝介の弟子たちがいっせいに立ち上がり、平太と一蔵もまた声のほうを振り返った。だが、なぜか留助だけは足元に目を向けたままでいた。

前掛けの少年があがりかまちの前に立つと、伝介自らが出迎えに行って頭を下げる。

「これはこれは、長次ぼっちゃんではありませんか」

いったいどのような用向きで、と伝介が尋ねると、長次と呼ばれた少年は背筋を伸ばし、はきはきとこたえた。

「親父から遣いを頼まれました。伝介さんに版下絵をお渡しするようにと」

「ぼっちゃんのお手を煩わせるなんて申し訳ない」

「いえいえ、おれはいま鶴屋の跡取りではなく、鶴屋の丁稚同然ですから」

殊勝にこたえてから、長次は「お邪魔します」と、慣れた様子であがりかまちにのぼってきた。伝介のもとへ版木が入った風呂敷包みを運んでいく。平太が間近で見てみると、長次と呼ばれた少年は、平太たちよりすこしだけ年上、おそらく十三、四歳くらいだろう。藍の格子柄縞の着物姿で、腰には前掛けと大福帳。身なりのいい店者といった風情だ。

　その長次は、工房の隅にたたずむ仲蔵のことに気づき、仰天して飛び上がった。

「あれれ、仲蔵のおじさんじゃないですか！　いらしてたんですか？」

「おやおや、誰かと思ったら鶴屋のぼっちゃんか。でかくなったな。今日は店の手伝いかい？」

「ええそうなんです。手習いをやめてからというもの、親父の言いつけがうるさくなりまして。毎日、お遣いに走らされてばかりです」

「鶴屋の旦那が、お前に期待しているからこそだ」

「ありがとうございます。これも修業と思って精進いたします。今日は伝介さんへ版下絵のご相談に参りましたが、仲蔵さんの錦絵のことも、近いうちにすり合わせをさせていただきたいので、よろしくお願いします」

「あぁ、こちらこそ、よろしく頼むな」

　話の流れを読むと、長次という少年は、伝介工房と繋がりのある板元鶴屋の跡取りだということらしかった。伝介をはじめ弟子たち、また名役者たる仲蔵にも顔が通っているらしく、年のわりに話が巧みだ。

「同じ年ごろなのに、こんなしっかりした子もいるんだなぁ」

と、平太はすっかり感心してしまう。

平太がじっと見つめていたせいだろうか。長次のほうも、平太たちのことに気づいて、肩を寄せ合う三人をじろっと眺めてきた。版木が入った風呂敷包みを手渡しながら、伝介に尋ねる。

「あの子たちは誰ですか。見学ですか?」

「はい。春に仲蔵さんの引退興行があるでしょ。忙しくなる前に丁稚をひとり取ろうと思いましてね。今日、その子が見学に来てくれたんで」

「伝介さん、またお弟子さんを取るんですか」

「年からいってこれが最後の弟子になるでしょう。一蔵といいます。ほら一蔵、ご挨拶を。板元鶴屋の跡取り、長次ぼっちゃんだ。年の頃も近いから、今後はお前がなにかと用事をうかがうことになるだろう」

伝介にうながされ、一蔵は一歩だけ前へ進み出てから頭を下げる。

「はじめまして。来月からこちらの工房でお世話になります、一蔵といいます」

「鶴屋の長次です。ときどきこうしてお邪魔することになるから、どうぞよろしく。ところで、一緒の子たちは誰?」

長次が一蔵のそばにいる平太と留助に目をうつした。

平太はかるく会釈をしたが、留助はなぜか足元に視線を落としたまま顔をあげない。

留助の様子には気づかず、一蔵はあわててこたえた。

「は、はい、見学に一緒に来た、おいらの筆子仲間の平ちゃんと留ちゃんです。今日、おいらひとりじゃ心細いと言ったらついてきてくれたんで」

「へぇ、そうなんだ」

長次は納得したふうに頷いた。

「いい筆子仲間を持ったんだね」

「おかげさまで」

「羨ましいよ。おれは、家の都合で手習いをさっさとやめることになっちまったからね。もし叶うなら、もう一度、ゆっくり通ってみたいものだなぁ」

もっとも、と長次は一蔵に向かって、苦笑をうかべてみせた。

「親父からは、手習いをするよりも、店のことをもっと覚えろとうるさく言われているんだ。一蔵さんも、手習いをやめて、修業をはじめることになるんだね」

「はい。おいらも手習いは楽しかったです。でも、こうして伝介さんのところへ奉公に上がることができるのならば、気を引き締めて精進したいと思っています」

「そうこなくちゃ。これからよろしくね、一蔵さん」

「こちらこそよろしくお願いします」

一蔵と長次とがにこやかに挨拶を交わすかたわらで、留助はうつむいたきりで、工房を出るまで、とうとうひと言も発しなかった。

伝介工房を見学してから一蔵は、月の最後に迫る大浚へ向けて、懸命に手習いに取りかかりはじめた。

これまで学んできた読み書き算盤、世間並みの常識、それらが身についているかどうか、千世お手製の問答集にこたえていくのが、せせらぎ庵の大浚だ。問答集が終わったら、最後に千世との問答もあるらしい。二日にわたって行われる大浚に合格できて、晴れて手習い所を離れ、修業に入ることができる。

裏を返せばそれは、「大浚に不合格になってしまえば、伝介工房で修業ができなくなる」ことなので、うかうかしてもいられない。一蔵はいったん絵筆を措(お)き、これまでにないほど読み書き算盤に没頭していた。

「一蔵は人が変わったようですね」

近ごろの一蔵の取り組み方を見て、千世もすっかり感心していた。

先日、伝介工房を見学し、中村仲蔵という引退間際の名役者に出会ったことで、よほど刺激を受けたのだろう。間違っても大浚で落第し、修業をはじめられないといった事態になりたくない、という思いが伝わってくる。

「でも、千世先生」

「なんですか？」

一蔵の様子を千世と一緒に眺めていた平太は、おそるおそる口をはさんだ。

「すこし発破（はっぱ）をかけすぎじゃありませんか。大浚に不合格になったら修業をやめさせるなんて、そんなに厳しくするつもりはないでしょう？」

「いいんですよ。このくらい緊張があったほうが。一蔵は至極のんびりとした優しい子でしょう。それは美徳でもありますけど、これからは厳しい師匠や兄弟子と日々を過ごすのです。すこしは厳しい雰囲気にも慣れておいたほうがいいのではないですか」

「なるほど。千世先生も抜かりないというか、何というか」

「当たり前ですよ、あなたたちの手習い師匠ですからね」

こうして大浚を行う日が近づいてくるなか、当の一蔵は一日の手習いをしっかりと受けたあとに、ときどき伝介工房に通っているという。

「すこしでも場に慣れておきたいんだ」

というのが理由らしい。

平太はあれから一蔵に同行できていない。ちょうど千世からお遣いを言い渡され、都合が合わなかったのだ。ただし留助だけは、幾度か一緒について行っているらしい。

留助も、仲良しの一蔵のためを思って付き合っているのだろう。だが、その留助について、平太にはずっと気になっていることがあった。

初めて伝介工房に行ったとき以来、留助が、以前にもまして元気がなく見えたのだ。体の具合でも悪いのかと尋ねると、そうではないという。では何かあったのかと聞いても、

「いつもと変わりないよ」

と、かわされてしまう。

いつもと変わりないはずがないのだが、本人がわけを話したがらないので、平太もそれ以上尋ねることができなかった。

「いっちゃんが手習いをやめる日が近づいてきて、留ちゃん、寂しいのだろう

し、きっと焦ってもいるのだろうな」

せせらぎ庵に入った時期も同じで、二年あまり仲良く過ごしてきた一蔵と留助だ。取り残される留助の焦りや寂しさは平太よりずっと大きいはずだった。

その気持ちがわかるから、平太は、留助が心を落ち着かせるのを黙って見守ることしかできなかった。

「留ちゃんなら、きっと心を持ち直すだろうから」

ところが——平太が留助のことを見守ろうと思った矢先。

一蔵の大浚が翌週に迫ったある日、せせらぎ庵に予期せぬことが起こった。


その日の手習いのあと、平太は千世からいつものごとくお遣いを命じられた。ほんとうは一蔵とともに伝介工房へ行くはずだったのだが。

「半紙がなくなってしまいました」

手習いが終わり、筆子たちがつぎつぎと部屋から出て行くなか、千世があわてたそぶりで平太に近づいてきた。

「すみません、平太。明日の問答集を作ろうと思ったら、紙が足りなくなってしまいました」

「わかりました。すぐに調達してきますね」

「今日のお遣いはないと言っていたのですが。お願いできますか」

「もちろんですよ。では、すぐに行ってきます」

一緒に工房に行くはずだった一蔵と留助に、「ごめん、あとから追いかけるから」と詫びてから、平太は買い物へとひとっ走りした。

こうして半紙の束をひとつ手に入れ、せせらぎ庵に戻った平太だが、戻るなり首をかしげる事態が起こっていた。問答集を作っていたはずの千世が、あわただしく出かける身支度をしていたのだ。

手に入れた半紙を戸棚にしまったあと、何事かと平太は尋ねてみる。

「ただいま帰りました。千世先生、お出かけですか？」

「これから番屋に行ってきます」

「番屋、ですか？」

あまりにも思いがけないことで、平太は唖然とした。いったいどういうことなのだろうか。千世が口早にわけを話しだす。

「お遣いに行ってもらっているあいだに、いろは長屋の仁兵衛さんが訪ねてきたのです。あの人がちょうど番屋に詰めていたらしくて」

いろは長屋は、せせらぎ庵の斜向かいにある長屋だ。家主をつとめているのが仁兵衛で、せせらぎ庵のことをあまりよく思っていないことは、先日の年会で顔を合わせたときにわかっていた。その仁兵衛が、番屋に詰めているときに、千世に何を告げに来たのか。わけを聞いて、平太は飛びあがるほどに驚いた。

「留ちゃんが番屋に預けられている？」

「ええ、そうらしいのです」

「え……だって、さっきまで一緒にいたんですよ。いっちゃんも一緒に、伝介さんの工房へ先に行っているから、あとで落ち合おうって……」

「一蔵が工房を見学しているさなかに、留助が用事を思い出して先に帰ったというのですよ。そのあと何かが起こったらしいのです。仁兵衛さんの話によると、まず先に留助の親御さんを呼びに行って、そのあとにうちに知らせに来たとか。詳しいわけはまだ聞いていないので、ひとまず急ぎ番屋に行ってみます」

留助の親だけでなく千世まで呼び出されたからには、よほど大ごとなのかもしれない。千世は険しい顔をしている。

平太も不安で胸がいっぱいになってきた。近ごろ、留助が落ち込んでいたふうでもあったので、よけいに気になってくる。

「千世先生」

平太の目の前で、千世が何も羽織らずにおもてへ出ようとしたので、あわててあとを追いかける。千世の綿入れを持って行くことも忘れなかった。

「待って、おもては寒いから羽織ってください」

「ありがとう、平太」

「あと、おれも一緒に行っていいですか」

綿入れを受け取った千世はすこし考えたのち、こくりと頷いた。

「一緒に行きましょう」

「火の始末をしてきます」

部屋中の火の用心をしてから平太がおもてへ出ると、玄関前で待っていた千世は足早に歩き出す。

道中、冷たい風が頬を切った。

薄暗くなりつつある往来を急いで歩きながら、平太と千世は番屋を目指した。

鈍色(にびいろ)の空からは、ちらほらと粉雪が舞っていた。

　留助が番屋に預けられたのは、子どもどうしの喧嘩で、相手に怪我をさせたためだった。

　一蔵について伝介工房の見学をしていたさなか、急に用事を思い出したと言い残し、留助は先に工房をあとにした。その直後だった。鉢合わせした知り合いと喧嘩になり、はじめは言い合いだけだったが、頭に血がのぼって手を出してしまった。相手の子どもは揉み合いながらよろめき、地面に倒れた拍子に頭から血を出す怪我をしたらしい。

　子どもどうしの喧嘩だ。本来は番屋に届けるほどの騒ぎではなかったかもしれない。ただし相手が悪かった。留助が揉み合った子というのは、大店のひとり息子だった。跡取りに怪我をさせられた親が怒り心頭、留助を番屋に引きずってきたのだという。

　平太と千世が番屋に辿り着くと、経緯を、いろは長屋の仁兵衛が話してくれた。

「留助が怪我をさせたのは、長次っていう、目白坂にある絵双紙屋、鶴屋の跡取りだそうな。つい先に親御さんが詫びをするといって、鶴屋さんのほうに出向いたところです」

仁兵衛の話を受け、平太は先日のことを思い出した。

「おれも一度会ったことがあります。伝介さんの工房で。この前見学に行ったとき、ちょうど長次さんが鶴屋のお遣いで工房を訪ねてきたんです」

絵双紙屋であり板元でもある鶴屋のひとり息子――長次は、留助よりもひとつ年上の十三歳だ。ゆくゆくは親の店を引き継ぐべく、鶴屋で手伝いをしている。平太たちがはじめて伝介工房を訪ねた日も、長次は店の遣いとして工房へやってきた。そして今日も、おなじく親の指図で工房を訪ねてきた。その帰りに、どういう経緯か、やはり工房をあとにした留助と鉢合わせして、喧嘩になったのだという。

「長次の父親――鶴屋の主人が、普段から倅を目に入れても痛くないほどのかわいがりようらしくて。頭に傷を負ったのは転んだ拍子でのことらしいが、留助がすべて悪い、先に手を出したのは留助だろうの一点張りだ。鶴屋さんといえば目白坂では名の知れた大店だし、力もあるし、留助の親としては平謝りするしかないのかもしれないねぇ」

仁兵衛もまた、仕方がないとばかりに肩をすくめている。

これには、さすがの平太も、もの申さずにはいられなかった。

「喧嘩はふたりでしたものでしょう、しかも頭の傷は転んだ拍子にできただけなのに。どうして、留ちゃんだけが悪者にされちゃうんですか」

「そんなこと言ったって、番屋でたまたま当番だったわたしに、何ができるっていうんだい。鶴屋の旦那にお説教だなんてお門違いだし、喧嘩をしたことに変わりはないんだから、悪いと言われちゃ仕方ないんじゃないのかい。それ以上は、わたしの知ったことじゃありませんよ」

たしかに仁兵衛は番屋の役目をこなしていただけだし、喧嘩についてはかかわりのないことだ。平太も何も言えなくなってしまう。

「でも……」と平太は吐息をつく。

留助だけが一方的に悪者にされるのは、やはり間違っていると思った。鶴屋に出向いた留助の両親が、いまごろどんな話し合いをしているのか気に掛かる。

頭を下げて詫びるだけですめばよいが、ことによると治療代という名目で、かなりの金銭を差し出すことになるかもしれない。あるいは何かしらの罰を受けるのか。

「留ちゃん、どうなってしまうんだろう」

「相手は大きな怪我をしているっていうから、その怪我の具合にもよるんじゃないのかね。あとは、あちらの親がどこまで騒ぎ立てるか。やれやれ、話し合いがすむまで、わたしも家に帰ることができなくなるな。まったく、せせらぎ庵の悪童のせいでいい迷惑だ」

「そんな言い方……」

仁兵衛の話を聞いて平太がむっとしていると、ひととおり話を聞いた千世が、落ち着いた口調で言う。

「事情はわかりました。仁兵衛さんがおっしゃるとおり、留助の親御さんと鶴屋さんとの話し合いに、わたしたちが口を挟むことはできません。ですが、悪童なんて言葉は、どうかお控えを。相手に怪我をさせ、いま一番後悔し、参っているのは、あの子でしょうから。余計な追い打ちなどかけることはないでしょう」

「は、はぁ、わかりました。わたしもすこし言い過ぎました」

落ち着いてはいるが、厳しくもまっすぐな千世の言葉に、さすがの仁兵衛も気圧された様子だ。ここは素直に詫びを口にする。

その仁兵衛に、千世がすこしだけ口調をやわらげてふたたび尋ねた。

「汲んでくださってありがとうございます。それで、いま留助はどんな様子ですか」

「留助はいま奥の間で正座をして待っていますよ。親の帰りが遅いとなると、ここにひと晩泊まってもらうことになるかもしれん」

「仁兵衛さん、ご相談なのですが。もし差し支えなければ、留助をわたしのほうで引き取らせてもらえないでしょうか」

ただでさえ番屋に引きずり出されて恐ろしい思いをしただろうに、ひとりぼっちで親を待つ留助は、いまどんなに心細いだろう。

想像をするだけで平太も胸がしめつけられた。

いっぽう、千世もまた重ねて頼み込む。

「わたしが目を離さず見ておりますから。どうかお願いできませんか」

「いや、しかし……」

「あの子は、自らの過ちを充分にわかっています。同時に、恐ろしい思いもしている。いったいどうして喧嘩になったのか、何があったのか、混乱していて素直に言えないでいるのかもしれません。一度は体も心もやすませてあげて、あとで、じっくりとお取り調べになったほうがよいのではありませんか」

「そんなことを言って、まさか留助を逃がすなんてこと、考えちゃいませんよね？」

仁兵衛は千世のほうに猜疑の目を向ける。

そう言う相手が、せせらぎ庵をあまりよく思っていないことは、年会のときにわかっていたから、平太は緊張しながら千世のつぎの言葉を待った。

当の千世は、なおも落ち着いた調子でこたえる。

「もちろん。世間さまに顔向けできなくなることはいたしません。これでも手習い師匠の端くれですから」

「……承知しました。そこまでおっしゃるなら」

さすがに子ども相手にやりすぎだと思っているのか、あるいは自分も当番をおえて帰りたい気持ちが勝ったのか、仁兵衛はしぶしぶながら千世の申し出を受け容れた。

「くれぐれも目を離さぬようにしてください。もし、ふたたびこちらに来ていただくときは、かならず連れてくるように」

「わかっています。仁兵衛さん、どうもありがとうございます」

ほっとひと息をついてから、千世は深々と頭を下げた。

「親御さんが戻られたら、せせらぎ庵で留助を預かっていると伝えていただけますか。留助のことはきちんと見ておりますから、まずは心を落ち着かせてほしいと」

こうして千世は、留助をいったんせせらぎ庵へ連れ帰ることに決めた。

引き取る際の手続きを待つあいだ、平太はいまだに信じられない気持ちで立ち尽くしていた。

「留ちゃんが人に手を上げるなんて。いったい何があって喧嘩なんてしたんだろう」

ここ最近、留助はどこか元気がなかった。そのことがかかわっているのだろうか。気にはなるが、いまは傷心の留助を問い詰めることはできない。

番屋から引き取られた留助は、泣きはらした目をしていて、すっかり意気消沈していた。千世に手を引かれ、せせらぎ庵に向かう道すがら、ずっとうつむいたままで、平太はひと言も声をかけることができなかった。

緊張と不安で疲れきっていた留助は、普段平太が寝泊まりしている部屋に引き取ると、倒れ込んでそのまま眠ってしまった。そんな留助に掻巻をかけてやってから、平太は千世の部屋を訪ねる。

千世は文机に肘をつきながら、何ごとかをじっと考え込んでいた。平太を見るとすこし表情をゆるめ、部屋のなかに招き入れる。

「平太もお疲れ様でした。留助は休みましたか？」

「はい、よほど疲れたんでしょう、横になったらすぐに寝入ってしまいました」

「ひとまず眠ったのならよかったこと」

すこし安堵したのか、千世はふたたび肘をついて小さく吐息を漏らした。

「それにしても、いったいどうしたというのでしょう。留助が乱暴をするなんて。近ごろ、留助の様子に変わったことはありませんでしたか？」

千世の前に膝（ひざ）を進めて、平太はためらいがちにこたえる。

「おれもはっきりとはわかりません。ただ……」

「ただ、どうしました？」

「いっちゃんの奉公が決まってから、留ちゃん、すこし元気がなかったみたいです。もしかしたら置いていかれるみたいで焦っているのかなって。おれも、そんな気持ちがわからないでもないですから。でも、だからといって留ちゃんが何か不平不満を言ったり、はっきりと態度にあらわしたわけじゃないんです。おれが勝手に思っただけで」

「そうでしたか……」

平太の話を聞いてから、千世は人差し指を弾き、自らの額におでこ鉄砲を見舞った。「痛っ」という小さな悲鳴とともに鈍い音が鳴る。千世の行為は、まるで己を戒めているようだ。

「ふぅ、おでこ鉄砲はこんなに痛いものだったんですね」

「千世先生……」

「わたしもまだまだ未熟です。一蔵を送り出すことばかりにかまけて、ほかの子の様子をあまり見られていなかったのかもしれません」

とにかく留助が起きたらきちんと話を聞きましょう。千世がそう言ったところで、真夜中になってようやく留助の両親が、せせらぎ庵を訪ねてきた。

「すっかり遅くなりまして」

憔悴しきった様子の両親は、留助を番屋から連れ出してくれたことに礼を述べると、鶴屋での話し合いの経緯を話し出した。

先方と決めたことは、後日、留助本人を謝罪に向かわせること。

今後話し合いを重ね、治療代や詫び料をいくらか払うこと。

あとは延々と恨み言を聞かされ、夜中になって、やっと戻ってくることができたという。

平太は人数分の茶を淹れてくると、手習い部屋で、文机を挟み千世の向かいに座っている留助の両親に頭を下げた。

両親もまた頭を下げてから、母親のほうが口を開いた。

「留助が、平太さんの部屋で横になっているとか。迷惑をかけてごめんなさい。すぐに連れて帰りますから」

「いえ、いいんです。起きるまでは寝かせてあげてください。きっと留ちゃん、緊張しっぱなしで疲れているはずですから。あと……おれも話を聞いていいでしょうか」

留助の両親に許しを得て、鶴屋の主とどんな話をしてきたのか、平太も聞くことにした。

「留助が怪我をさせた相手は、鶴屋のひとり息子で長次さんといって、じつは留助とは幼馴染みなんです」

「幼馴染み？　そうだったんですか？」

平太は驚いた。伝介工房で会ったとき、留助も長次もそんな素振りはまるで見せなかったからだ。はじめて顔を合わせたもののようだった。

「留ちゃんは何も言っていませんでした」

「ええ、いまは疎遠になっていましたから。昔、せせらぎ庵にお世話になる以前、べつの手習い所に通わせていましたが、そこへは一緒に仲良く通っていたんです。ですがいつしか仲が悪くなってしまい、ふたりともその手習い所をやめたので、しばらくは会っていなかったんです。今日たまたま摺師の工房で会って、喧嘩になってしまったらしくて」

留助の喧嘩相手がじつは幼馴染みだったとは、平太ばかりではなく、千世も驚いたふうだった。

「鶴屋さんは、長次と留助が、どうして喧嘩になったのか話してくれましたか」

「いいえ、ただ留助が悪いの一点張りで」

母親は憔悴しきった調子で、力なくかぶりを振った。

「たしかに喧嘩両成敗といっても、怪我をしたのは長次さんだけですし、わたしたちは何も言い返すことができませんでした」

「おれは思うんですけど……」

千世と両親とが話し合うなか、母親のほうが目に涙をためてうなだれるのを見て、たまらなくなった平太はおもわず口を挟んでいた。

「おれは留ちゃんだけが悪いんじゃないと思います。きっと何か深い事情があるはずです。だって留ちゃんは優しいし、わけもなく人に怪我させたりなんてしませんから」

平太の言葉を受けてすこしだけ頬をほころばせた母親だったが、すぐに表情をくもらせ、ふたたびうなだれてしまう。

「ありがとう平太さん。でもね……留助はやりかねないかもしれないの」

「え？」

母親の思いがけない言葉に、平太は我が耳を疑った。

「あの子はわけもなく乱暴をしてしまう、そんな子かもしれない。じつはあの子……前の手習い所でも、喧嘩騒ぎを起こしてやめているんです」

「喧嘩を、留ちゃんが？　まさか……」

留助がせせらぎ庵にやってきたのは二年前だが、以前はべつの手習い所に通っていた。やめた理由は、おなじ手習い所に通う筆子に大怪我をさせたからだという。一度だけではなく、常日頃からその子に手を出していたことがわかった。

「留ちゃんがそんなことを？」

平太にはとても信じられなかった。一蔵と特に仲が良く、年下の子の面倒見もよい。ときどき、ちょっとした悪戯をすることはあっても、怪我をさせるなど決してなかった。平太が声を出せなかったときも、そのことをからかったことなど一度もなかったのだ。いつも明るくて人当たりがよく、平太をはじめ、せせらぎ庵の筆子たちは皆、留助を慕っている。

そんな留助が、以前の手習い所で、筆子仲間に手を上げていたというのか。

「前の手習い所をやめるとき、二度とあんなことはしないと言っていたのに」

――それを、信じていたのに。

「あたしらにはもう、あの子が何を考えているのかさっぱりわかりませんよ」

母親の嗚咽が、しばらく平太の耳から離れなかった。

翌朝――夜明けとともに両親に連れられて留助が帰って行ったのち。

留助が喧嘩相手に怪我をさせて番屋に引き立てられた、という噂は、翌日には筆子すべてに知れわたってしまった。

なぜ、そんなことになったのか。あの留助がほんとうに乱暴をしたのか。一蔵をはじめ、ほかの筆子たちも信じられないといった様子だった。

だが、筆子たちのなかでたったひとりが、「べつに不思議がることはない」と言い出した。

「留助って、もともとそういう子だもの」

言ったのは、正月になってからせせらぎ庵に入ったおゆうだ。

おゆうが何気なく口にすると、皆がいっせいに視線を向ける。なかでも、留助と一番の仲良しだった一蔵がつよい口調で問い詰めた。

「そんなことしかねないって、どういうことだよ。おゆうちゃんに、留ちゃんの何がわかるってんだよ」

「わかるわよ。だって以前に留助とわたしは同じ岸井塾にいたんだもの」

岸井塾とは、牛込水道町内で最も歴史の長い手習い所で、筆子十人にも満たないせせらぎ庵とは違い、つねに三十人くらいの筆子を預かる大所帯だ。三代目に当たる塾頭の岸井登(のぼる)をはじめ、手習い師匠三、四人で教えているので、幅広い知識を学ぶことができると、多くの子が通っている。

町内や近郊では、岸井塾で学んだ子であれば、奉公人として是非欲しいと言う大店も多い。大所帯ゆえに筆子ひとりひとりに合わせて教えることはしないが、教え方が迅速で、より優秀な子に合わせているので、総じて出来のいい子が育つという評判だ。筆子によって教え方を変えるせせらぎ庵とは、方針が正反対というわけだ。

もっとも、どちらが優秀で、どちらが劣っている、という話ではない。実際に学ぶ子どもたちが、どちらが己に合っているかを選べばよいのである。

さて——その岸井塾に二年前まで通っていた留助は、わずかな間だけ、入塾したてのおゆうとともに手習いを受けていたという。

「わたしが入塾して間もなく留助はやめていったし、ちゃんと話をしたことすらなかったけど、噂だけは聞いたことがある。留助は、おなじ岸井塾に通っていたある男の子を、長次と一緒になって苛めていて、いつも罵ったり叩いたりしていたってね」

「長次って、今回、留ちゃんが怪我をさせたやつかい？」

「そう、ふたりはもともと仲間だったのよ。留助と長次といったら、悪戯っ子で名が知られていたわ。ことが明るみに出て、苛められた子は大怪我をしたあげく岸井塾をやめてしまって、ついには親まで出てくる騒ぎになって、ふたりとも居づらくなったんでしょう、たてつづけに岸井塾をやめていった」

「ほんとうなの？」

呆気に取られて言葉も出てこない一蔵の代わりに、平太が問いただした。留助の親からあらましは聞かされていたが、いまだに信じられない気持ちだ。

一蔵とて信じたくなかったろう。伝介工房を見学し、自分と別れた直後に騒ぎが起こった。つい最近まではともに楽しい時を過ごしていたのに、どうしてそんなことになったのか。留助と一番の仲良しだけに、困惑したままだ。

だから、おゆうに対しても、きつい態度を取ってしまう。平太のあとに、一蔵も尋ねた。

「おゆうちゃん、まさか嘘を言っているんじゃないだろうね？」

「嘘なものですか。あたしの話を信じられないっていうのなら、岸井塾に通っているほかの子に聞いてみたらいいんだわ」

そう言い返されると一蔵も黙るしかなくなる。

おゆうが苛立った様子で言葉をつづけた。

「信じるも信じないも勝手だけど、あなたたち、なぜそこまで留助をかばうのよ。番屋の人たちだってちゃんと調べただろうし、喧嘩をしているのを見た人もいる。やったものはやった。長次に怪我をさせたのは間違いない。留助のやつ、せせらぎ庵ではおとなしくしていたかもしれないけど、本性をあらわしたんじゃないのかしら」

「本性って、人を苛めたり、乱暴したりすること？」

「そうよ、もともと留助はそんな子だった。せせらぎ庵では猫を被って大人しくしていたけど、何かの拍子に素が出たの。たとえば仲良しのあんたが、さっさと手習いをやめてしまうことが面白くなかったとか。留助の奉公はまだ決まっていないのに、あんただけ有名な工房に弟子入りできたことが悔しかったとか。そういうことが積み重なって我慢ができなくなったのかもしれないわ」

「おゆうちゃん、もういいだろう、やめなよ」

投げかけられる言葉に怒りをおぼえるより、平太は哀しくなった。黙り込んでしまった一蔵と、まだ何か言おうとするおゆうの間に立ち、その言葉を遮る。

「もうやめよう。どうして、そんな言い方をするのさ」

おゆうが嘘をついているわけではないだろう。しかし留助が、一蔵を妬んでいるとか、もとから乱暴者と決めつけられることが、ひどく哀しかった。だが、おゆうの言うことを否定できない己も情けない。

それでも平太は言葉をつづけた。

「たとえ留ちゃんが人を苛めたことがあったとしても、いまもそんなことをするとは限らない。今回の喧嘩のことも、わけがあるのかもしれない。いったい何があったのか、きちんと聞いてみるつもりだよ」

「勝手にすればいいじゃない。でもね、どう弁解しても、留助が昔、人を傷つけたことに変わりはないはずよ」

言い置いたおゆうは、そっぽを向いてから、早歩きで手習い部屋を出て行った。

留助と長次との喧嘩から数日が経った。騒動があって以来、留助は一度もせせらぎ庵に顔を出していない。

この日、慌ただしく朝餉を取ったあと、平太は「手習いを休ませてほしい」と千世に願い出ていた。

「ずる休みですか」

と、おでこ鉄砲を見舞われるかと覚悟したが、千世は朝餉の片づけをしながら一度振り返っただけで、手は出してこなかった。台所で食器を洗いながらひとりごとのようにつぶやく。

「たしか今日は、留助が鶴屋さんにお詫びに行く日でしたね」

「……はい」

そうなのだ。今日は、留助本人が鶴屋の主人や長次のもとへ詫びに行く日なのだ。鶴屋の主人が、日を決めて留助ひとりで顔を出しに来いというので、そうせざるを得なくなった。

「留ちゃんのおっかさんが、今日だって知らせてくれたんです。随分と気がかりそうでした。おれも、留ちゃんをたったひとりで行かせるのはかわいそうで」

「あなたが一緒に行っても、鶴屋さんのなかには上がらせてもらえないかもしれませんよ」

「わかっています。でも、せめてお店の前までは一緒に行ってあげたい。留ちゃん、道すがらどんなに心細いかしれません」

「そうですね」

前掛けで濡れた手を拭くと、千世は平太のほうに向き直った。おもむろに手を伸ばしてくる。やはりおでこ鉄砲を見舞われるのかと平太は体をすくめたが、千世は平太の頭に優しく手を置いただけだった。

「一緒に行ってあげてください。そして困ったことがないか聞いて、気が向いたらまた手習いに来るようにも伝えてくださいね」

「はい」と、平太は頷いた。

「ありがとうございます、千世先生。行って参ります」

「留助を頼みましたよ」

やはり千世も留助のことがひどく気がかりなのに違いない。ほんとうは自ら出向きたいが、大ごとになるからと我慢しているのだろう。それがわかっているから、平太はいま一度大きく頷き、「まかせてください」と言い置いてから、おもてへ飛び出した。大急ぎで鶴屋の前に行けば、留助と落ち合うことができるかもしれない。留助がひとりで店のなかに入ってしまう前に、先回りをして待っていたかった。

朝方の冷たい空気に頬を切られながら、平太は考えていた。

留助はどうして長次と喧嘩をしたのだろうか。おゆうが言うとおり、いまも昔も、わけもなく人に手を出してしまう人間なのか。そんなことはないと思いたい。昔の事情はわからないが、すくなくとも、せせらぎ庵の筆子たちには優しかった。もちろん、昨年、江戸に出てきたばかりの平太にもだ。

平太は、五年前に起こった浅間噴火の被災者だ。しばらくは生まれ故郷の鎌原村近郊にとどまったが、村の惨状を目の当たりにし、家族を失ったことで、心が深く傷つき、村にいることが苦しくなって江戸に逃げてきた。このときの平太は、落ち込むあまり、声が出せなくなっていたほどだ。江戸では、平太同様に噴火によって江戸に避難した人々を、浅間押しなどと呼んで差別する者もいたが、留助は心ないことを言ったりしなかったし、ほかの子たちと変わりなく接してくれた。だから信じたいのだ。昔のことも、長次とのことも、手を出してしまったのは、きっと何かわけがあるのだと。

　その「わけ」を聞きたくて、平太は、留助に会うために走りつづけた。困ったことがあるのなら、留助の力になりたいと思った。

息があがるほど走っていると、町はずれの石切橋（いしきりばし）を渡る寸前で、平太は足を止めた。橋の向こうに、うつむき加減に歩く留助の後ろ姿を認めたからだ。

「留ちゃん！」

　平太が呼ぶと、留助は首をかしげたあと、立ち止まって平太のほうを振り返った。

「平ちゃん……」

　橋を挟んだ場所からも、留助の顔色がうかがえた。騒動があってから毎日泣いているのだろう、顔色は悪く、目元はずいぶんと腫（は）れぼったく見えた。

　そんな留助の姿を見る平太もつらかった。だが、いったんつらさを飲み込んで、橋を渡り留助のもとに近づいた。

「やぁ留ちゃん、元気だった？」

「ちっとも元気じゃないよ」

「そうだよね。変なこと言っちゃった」

まずは何を話せばいいのか、平太も迷っていた。言い淀んでいると、平太から顔をそらし、留助はさっさと歩き出してしまう。

「ごめんよ、いまは鶴屋さんに急がなくちゃいけなくて。話はまた今度」

「知ってる。留ちゃんのおっかさんに今日だって聞いたんだ。だから来たんだ」

「おっかさんが？」

余計なことを、と唇を噛む留助の前に、思い切って平太は立ちはだかった。

「ねぇ、よければ鶴屋さんに着くまですこし話をしよう」

聞きたいことはたくさんあった。

どうして長次と喧嘩になったのか。そもそも、はじめて平太が工房に行ったとき、幼馴染みである長次のことを、なぜ知らないふりをしたのか。過去、岸井塾で、筆子仲間を苛めていたことがかかわっているのか。

「この前のこと、詳しく聞かせておくれよ。おれは、留ちゃんがわけもなく人を傷つける人だとは思えないんだよ」

「……おいらなんて、そんな人間かもしれないよ」

「だったら留ちゃんが、こんなに落ち込むはずがない。泣くほど後悔するわけがない。長次さんに手を出したのも、何か深いわけがあるんだろう？」

「……」

　立ちはだかる平太をかわし、しばらく黙ったまま歩きながら、留助はしつこくあとをついてくる平太のほうを振り返った。その目にはうっすらと涙がにじんでいる。

「お節介(せっかい)だな、平ちゃんは」

「千世先生のお節介がうつっちゃったのかもしれないね」

「そうかもね」と、やっと留助がかすかに笑った。その笑いもすぐおさめ、またうつむきながら歩き出す。平太もとなりに並んで歩き出した。

「留ちゃん……」

「なぁ平ちゃん、守ってもらいたいことがあるんだ。いまから話すことを、いっちゃんには伝えないって」

「どうして？」

「いいから。守ってくれないのなら話せない」

わかった、と平太はしぶしぶながら納得した。

「いっちゃんには決して話さないよ」

「ありがとう」と言ってから、留助は語り出した。

「おいら、せせらぎ庵に通う前に、べつの手習い所に通っていたんだ」

「岸井塾だよね」

「うん。恥ずかしい話なんだけど……平ちゃんにだから話すね。そこでおいら、おなじく岸井塾に通っている年下の男の子を、長次と一緒になって苛めていたことがあるんだ」

平太は無言で頷いた。このことは数日前におゆうから聞かされていたが、そのことは黙っておく。

留助は苦しそうにしながらも言葉をつづけた。

「愚かなことをしたと思ってる。いまだったら決してしないと言える。けど、当時は長次に言われるまま、その子の悪口を言ったり、ものを隠したり、壊したり、ときどき叩いたりもしていたんだ。そのせいで、その子は手習いをやめてしまった。おいらは詫びようと家まで行ったけど、会わせてもらえなかった。その子の親に面と向かって言われたよ。お前たちのことは一生許さないってね。当たり前だよ、それだけ、おいらはひどいことをしたんだ」

「でも、留ちゃんは悔やんでいるんだよね」

「もちろん。どうして長次の言いなりにしかなれなかったんだろうって、いまでも情けないし、悔しいよ」

なぜ留助は長次に従って、筆子仲間を苛めてしまったのか。何が理由だったのだろうか。

道すがら、留助はつづきを、ぽつぽつと語りはじめる。

留助と長次は幼馴染みだった。

長次は板元鶴屋の御曹司で、近所の子たちからも一目置かれ、もてはやされていた。近所の子たちは皆長次の言いなりだった。長次が黒と言えば白いものも黒だった。岸井塾に入ってからも、幼馴染みたちは皆、長次に逆らうことができなかったのだ。もちろん近所の長屋で育った留助も同様だ。

「長次は、近所で一番の大店のひとり息子だ。貧乏長屋で育ったおいらたち筆子仲間は、みんな長次の子分みたいなものだった。筆子仲間のなかには、いずれ鶴屋に奉公に行く子だっていたんだから、逆らえるわけがないよ。遊ぶにしても、手習いをするにしても、いつも長次の言いなりだった」

そんなかかわり合いのなかで、ある日、仲間はずれが起こった。仲間はずれにされたのは、留助よりもひとつ年下の男の子だ。べつの町から越してきたばかりの子で、筆子仲間たちのあいだでまかり通っている決まり事を意に介さなかった。

その子は、長次が間違っていることをしたら「間違っている」と正直に言ったし、長次に黙って従う筆子仲間にも「おかしい」と言った。本来ならば当たり前のことであるのに、仲間うちでは異様な存在となった。長次が男の子を敵視すると、まわりもその子を冷たくあしらった。

「あいつは生意気なやつだ。懲らしめてやろう」

長次が決めつけてしまえば、誰しもが、同様に男の子を見てしまう。生意気なやつにはけじめをつけさせてもよいと思ってしまう。

長次の幼馴染みだった留助は、まっさきに片棒を担がされ、その男の子を手ひどく苛めた。長次の言いなりになり、悪口を言いふらし、ときには手を出し、理不尽な理由で嫌がらせをつづけた。周囲に止める者もいなかった。

「不思議なもので、長次の言いなりになって苛めているときは、悪いことをしているなんてこれっぽっちも思わなかったんだ。だって誰も止めなかったから。だから、ある日、おいらが突き飛ばしたせいで、相手が転んで腕を折っちまったあと、その子が手習いをやめるとなってはじめて、おいらはとんでもないことをしたんだと恐くなっちまった」

体が凍りつく思いだったという。周りは止めなかったわけではなく、止められなかったのだと気づいた。そして、男の子がどれほど傷ついたか、己がいかに浅はかだったか、後悔したところでどうにもならない。やってしまったことは取り返しがつかない。それがわかったことが、よりいっそう堪えた。

男の子が去ったあと、ことの重大さを知った岸井塾の手習い師匠数人で、経緯を見分したという。だが、結局ことはうやむやになった。長次が苛めていたことを最後まで認めなかったことと、ほかの筆子も口をつぐんだこと、そして手習い師匠たちが、鶴屋という大店に遠慮したこともあるかもしれない。

それでも、さすがに長次も留助も岸井塾には居づらくなり、ふたりとも手習いをやめることになった。

「おいらは、とんでもないことをしちまったんだ。決して許されないことをしちまったんだよ。このことは一生悔いながら生きていくしかないんだ」

「留ちゃん」

平太は震える留助の背中を撫でた。平太は、留助の背を撫でる自分の手もまた、震えていることに気づいた。怒りのせいなのか、哀しみのせいなのか。留助はたしかに許されないことをしてしまった。だが、それでも心から悔いている。留助はことの大きさを嚙み締めている。そんな留助が、伝介工房で長次と再会したとき、どんな思いだったかと想像して胸が痛んだ。

「長次さんとは、会いたくなかったね」

「うん」

「昔のことを蒸し返されて、喧嘩になっちゃったんだね?」

「……うん」

筆子仲間や幼馴染みを言いなりにさせ、男の子を苛めていたという長次は、ついに苛めていたことを認めず、逃げるように手習いをやめて、いまは家業の跡取りにおさまっている。いまも自儘に生きているのかもしれないし、苛めていたことさえ忘れているかもしれない。長次のほんとうの気持ちなどわかるはずもないが、留助にとって長次と再会することは、心を乱される大きなできごとだった。

「あの日……平ちゃんが伝介工房に遅れて来ることになっていた、あのとき」

「長次さんと喧嘩をしてしまった日？」

「うん。あの日も、いっちゃんと一緒に見学をしていたら、工房に長次がまた訪ねてきたんだ。おいらはあいつと顔を合わせたくなかったから、適当に言い訳をして、先に帰ることにした。だけど、すぐあとをあいつが追いかけて来て、呼び止められたんだ」

　急いで帰ろうとしていた留助のあとを、用事もそこそこにすませた長次が追いかけて来た。「久しぶりに会ったんだから話をしよう」とか「前みたいに一緒に遊ぼう」などと、しつこく声をかけてくる。留助は知らんぷりをしようとした。だが、つぎに長次は、留助が足を止めずにはいられない言葉を投げかけてきた。

「何て言われたの？」

「いっちゃんがどうなってもいいのかって、脅（おど）された」

「いっちゃんが？」

「言うことをきかないと、今度は、いっちゃんに酷（ひど）いことをすると……」

「そういうことだったんだ」

　平太は、頭にかっと血がのぼっていく感覚に陥っていた。

あの日、留助に拒絶された長次は、さして深くは考えずに言ったのだろう。

「お前がそういう態度なら、こっちにも考えがあるぜ。伝介さんのところに新しく入る、あの木偶の坊。一蔵とかいったっけ、あいつ、お前と仲がいいんだったな。あいつが工房に居られないように、適当な悪事をでっちあげて、親父に告げ口したっていいんだぜ。伝介工房は、鶴屋の下請けだ。親父が一蔵をやめさせろと言えば、奉公の話もなしになるかもな」

言われたとき、留助もまた頭に血がのぼったのだろう。

長次はまた昔と同じことを繰り返すのか。他人に一生消えない傷を与えておいて、いまだ懲りず、反省もせず、まだ自分の気分ですべてがまかり通ると信じているのか。何よりも、一所懸命に頑張ってきた一蔵が、将来をこんな人間の我が儘ひとつで棒に振ると思うと、留助は我慢ができなくなったに違いない。

留助は長次におもわず摑みかかっていた。

「おいらはどうなってもいい。だけど、いっちゃんを巻き込むな！」

「うるせぇ、誰に口をきいている。おれは鶴屋の跡取りだ。いずれおれが鶴屋の主になる。伝介さんやあそこの弟子たち、一蔵だっておれの言いなりだ。誰もおれに逆らうことは許さない！」

「なにを⁉」

そして——すっかり理性を失ってしまった留助は、長次に殴りかかっていた。

あとは、気づけば番屋に連れられていたのだ。


道すがら話し合っていた平太と留助は、いつのまにか目白坂沿いの鶴屋の近くまで辿り着いていた。いま歩いているゆるやかな坂をのぼりきれば鶴屋の目の前だ。


さすがに緊張してきたのか、留助の歩調がすこし鈍った。

「情けねぇな、おいら」

いったん立ち止まった留助は、洟をすすりながらつぶやく。

「長次のことをさんざん悪く言ってきたけど、おいらだって何ひとつ変わっちゃいねぇ。以前、岸井塾をやめたときとおなじく、人を傷つけて、親を哀しませて、こんなところに来ているんだから」

「ねぇ、留ちゃん」

たまらなくなって、平太は、鶴屋に向かおうとする留助を引き留めた。

「さっきの話、鶴屋のご主人に正直に話してみようよ。鶴屋さんだって、自分の息子の過ちを知れば、叱ってくれるかもしれないじゃないか」

「いや」と留助はかぶりを振る。

「やめておこう。おいらがただ黙って謝って、すべてなかったことになればそれでいい」

「どうして？」

「だって、いっちゃんのことを考えると、それが一番いいと思うから」

うっすらと目に涙を浮かべながら留助は言う。

「いっちゃんはこれから、長いあいだ伝介さんのところでお世話になるだろう。のびのびと修業をしてもらいたいんだよ。板元である鶴屋さんともうまくやってほしいし、おいらと長次のことを知って妙な遠慮をしてほしくないし、これ以上騒ぎを大きくしたくないんだ」

「でも、それじゃあ留ちゃんが……」

「おいらはどうでもいいんだって。どうせおいらなんか、他人のことを傷つけてばかりの悪者なんだからさ」

「そんなこと言わないでおくれよ」

平太もまた哀しくなってきて、目に涙を浮かべた。

留助は、そんな平太を振り切り、重い足取りでふたたび歩き出す。だが、すぐに立ち止まった。

目を見開いて行く手を見つめたのは、鶴屋の前に、ある人物が立っていたからだ。

「千世先生？」

留助につづいて坂をのぼりきった平太が呼びかけた。

そう、鶴屋の前に立っていたのは、すらりと背が高く、濃紺の着物の袖をたすき掛けにした凛々しい女性——鬼千世先生だった。

「遅かったですね、平太、留助。待ちくたびれましたよ」

「千世先生、どうしてここに？　手習いはどうしたんです？」

呆然と立ちつくす留助の代わりに、平太が尋ねた。

うっすらとほほえんだ千世がこたえる。

「じつは、今日の手習いはお休みにしてしまいました」

「お休みに？」と平太は呆気に取られてしまう。平太が出かける間際、ひどく気がかりそうにしていたが、やはり我慢ができなくなったというわけか。

「ほかのみんなはどうしたんです？」

「あなたが出たすぐあとに、格之進が来たので、休みにする旨、皆への伝言は頼んでおきました」

「それで、千世先生も急いでいらしたのですね」

「えぇ、そうしたら案の定、あなたがたの様子を見るに、すこし込み入った事情があるようですね。ねぇ、留助？」

「それは……」

留助はこたえにつまってしまったが、そのあいだにも、千世が筆子たちを急(せ)かしはじめる。

「さて、じきに刻限です。どんな事情があっても、鶴屋さんをお待たせしてはいけません。急ぎましょう」

「待ってください、千世先生。留ちゃんの話をちゃんと聞いてあげてください。そうすれば、留ちゃんだけが悪いわけじゃないってわかります。このことを、鶴屋さんにきちんと話すべきだと思うんです」

平太が訴えると、ふたりの筆子を見比べた千世は、「わかりました」とこたえた。

「平太はこう言ってますが、留助、あなたはどうなのです。その話というのを、鶴屋さんにしてみますか」

「え？」

留助はうろたえた。

「いえ、いいんです。おいらが謝ってことがおさまれば、それで……」

「あなたはほんとうに、それでいいのですか？」

まっすぐなまなざしを向けられ、留助はいったん押し黙る。平太も固唾をのんで見守った。

千世はさらにつづける。

「わたしは、このままでいいとは思いません。あなたのためにも、一蔵のためにも、そして何より長次さんのためにもね。わたしがついて行きますから、詳しい話をしてみたらどうですか。もちろん、あなたがどうしてもこのままでいい、何も変わらなくてよいと言うのならば、ただ鶴屋さんに平謝りをして、自分だけを悪者にして、これからの一生を悔やんだまま過ごせばいいでしょう」

千世の言葉は厳しかった。だが、平太の胸に響いた。おそらく留助もそうだったろう。唇をきつく噛んでから、留助は声を絞り出して言った。

「……千世先生、お願いします」

「ええ」

「助けてください。おいら、このままでは、いやです」

助けを求める声は震えていた。そんな留助に歩み寄り、千世は凛とした声で、はっきりとこたえる。

「もちろんですよ。そのための手習い師匠なのですから」

鶴屋の主人と長次が待ち構える離れに通された留助、そして平太と千世は、部屋のなかには入らず、敷居の外で膝をつき頭を下げた。

まずは千世が名乗り出る。

「わたくしは、留助が通う手習い所の師匠をしております、尾谷千世と申します」

「誰が一緒についてきたのかと思ったら、手習い師匠だと？　留助には、ひとりで来るよう言ってあったはずだが」

鶴屋の主人は千世に厳しい視線を向けた。幾人もの使用人を束ねる大店の主らしく、恰幅がよく、堂々としていて、目にも、他を圧倒する力強さがある。顔をあげた千世は、その視線を受け止めながらも毅然としてこたえた。

「そちら様は大人が一緒ですのに、こちらは留助ひとりではあまりにも肩身が狭いでしょう。鶴屋さんほどの御仁(ごじん)でしたら、手習い師匠ひとりくらい同席させてくださる度量がおありと存じますが」

「まぁ、付き添いくらいならば構わないが」

おもしろくなさそうに舌打ちしてから、鶴屋の主人は、いまだ頭を下げたままの留助に目をやった。

「お前が留助だな。見覚えがあるぞ。昔は倅が一緒によく遊んでやったはずだ。それがどうして、こんな乱暴をしたんだ。おかげで倅は頭を切る大怪我をしたぞ。恩を仇(あだ)で返すとはこのことだ」

「あいすいません……」

鶴屋の主人の横で、これみよがしに頭に晒(さら)しを巻いた長次が座っている。震えながら小さくなっている留助を、半笑いで見つめていた。

その様子を、敷居の外で見ていた平太は、悔しさに歯がみする。だが平太は何も言うことができない。鶴屋の主人の前で、ことのあらましを語らなければいけないのは、留助だけだと思ったからだ。

そんな平太の思いが伝わったのか、留助はやっと顔をあげて口を開いた。

「このたびは長次さんに怪我をさせてしまったこと、まことにあいすいませんでした」

「うむ、深く反省しているか。お前の親が治療代を払うことになっているが、それだけではおさまらない。わたしにではなく、長次本人に、もう一度深く詫びてもらおうか。わたしが倅に構い過ぎると思うかもしれないが、他人にどう言われてもいい。わたしには倅を守る義務がある。わたしは、幼いころ父に早くに死なれた。以後は守ってくれる父親がおらず大変な苦労をしてきた。だからこそ、長次にはそんな苦労をさせまいと決めているのだ」

「はい……鶴屋さんのお気持ちは、よくわかります。長次さんにはほんとうに申し訳ないことをしたと思っています。ですが、改めてお詫びする前に……」

「なんだ？」

不機嫌そうに眉をひそめる鶴屋の主人と、留助はまっすぐに向かい合った。

「おいらがどうして長次さんと喧嘩をしてしまったのか、詳しい経緯を、鶴屋さんにも聞いてもらいたいのです。ことは、ずっとずっと前に遡ります。どうか聞いてください」

鶴屋の主人はふたたび舌打ちをした。その横で、長次がおもわず腰を浮かせ、慌てたそぶりを見せる。だが、鶴屋の親子が口を挟む暇もなく、留助は語り出した。先刻、平太に聞かせた過去のできごとをあらいざらい、息つく間もなく、いっきに話してしまったのだ。

留助がすべてを吐き出したあと、部屋には、しばしの沈黙がおとずれた。

沈黙をやぶったのは鶴屋の主人だ。いきおいよく立ち上がり、怒りに顔をまっ赤にして、頭ごなしに留助を怒鳴(どな)りつけた。

「きさま、よくもそんなことが言えたものだな。素直に詫びに来たのかと思いきや、うちの倅をあげつらいに来たか。なんという恥知らずだ！」

「………」

部屋の襖(ふすま)がびりびりと揺れるほどの怒声だった。怒声に当てられた留助は、恐ろしさのあまり青い顔をしていたが、それでも言葉をやめなかった。

「長次さんひとりが悪いわけではありません。おいらも岸井塾にいたときは酷いことをしました。人を傷つけてしまいました。だから、長次さんにも一緒に反省をしてもらいたいだけなんです」

「まだ言うか！　どんな怨(うら)みがあって倅を貶(おとし)めるのか。きさまのような言ってもわからない子どもには、こうしてやる」

拳を振り上げた鶴屋の主人が、部屋をつっきり、留助のほうへ大股で近づいてくる。だが、その前に立ちはだかったのが千世だった。

「お待ちくださいませ、鶴屋さん」と、仁王立ちになり、毅然と呼びかける。

「手習い師匠ふぜいが口を挟むな！」

「いえ、申し上げます。鶴屋の主としてではなく、長次さんの父親として、あなたにお尋ねしたいのです。あなたさまは、岸井塾でのこと、長次さんがほんとうに何もしなかったとお思いなのですか。今回の留助との喧嘩も、ただ留助が勝手に乱暴をしただけだと？　長次さんにはいっさいの非がなかったと、心から信じておいでなのですか」

「なんだと？」

千世の言葉を受け、鶴屋の主人はゆっくりと拳をおろしていた。

千世はさらにつづける。

「長次さんが手習いをやめるときも、塾頭からそれとなく事情を聞いていたのではないですか。なぜ、長次さんが岸井塾に居づらくなったのかを。此度のことだって、わけもなく喧嘩が起こるはずもないと、わかっているのではありませんか？　わかっていて、なかったことにしたいのではありませんか？」

「……」

「鶴屋さんは、長次さんの話にきちんと耳を傾けたことがおありですか。なぜ目を逸らすのですか。お店のためですか、長次さんのためですか。それとも、あなたご自身のためですか。お店のためだけだというのなら、わたしから申し上げることは何もありません。ただし長次さんのことを大事に思うならば、目を逸らすべきではない。あなたは先ほど、ご自分が苦労をなさったから、長次さんに同じ思いをさせたくない、守る義務があるとおっしゃった。ですが、叱るべきときに叱ってあげられないのは、子どもを可愛がっているのでも、守っているのでもありません。ただの怠慢ではないのですか」

ついに黙りこんでしまった鶴屋の主人に対し、千世はなおも続けた。まっすぐに相手を見つめている。逃れることを許さない、凛としたまなざしだ。

「鶴屋だ、板元だ、大店だのと威張っていても、子どもの過ちを正すことのできない人間には誰もついてこないし、そんな親を見本にした子にも、将来、誰もついてきてはくれませんよ。そんなことになったら、長次さんこそが、かわいそうなのですよ」

「うぅ……」

「もうやめてくれよ！」

言い淀む父親を差し置き、千世に向かって叫んだのは長次だった。

長次は顔をまっ赤にして、涙を流していた。

「もういいだろう、わかったよ、悪いのはおれだよ。だからおとっつぁんを悪く言わないでくれよ」

「いいえ、あなたのためにも言わなければいけません」

千世もまた顔を赤くして声を荒らげ、最後まで言葉をやめない。

「鶴屋さん、この子が何を思い、何を望み、どうして過ちを犯してしまったのか。目を逸らさず見てあげてください。褒めてやるべきところは褒めて、過ちを犯したとあればきちんと叱る。正しい道筋を示してあげる。それが子を守るということではないのですか」

鶴屋の主人はがくりと肩を落とし、畳に突っ伏して泣きじゃくるひとり息子の姿を呆然と見つめていた。

「長次……」

「おとっつぁん、ごめんよ。おいら、留助が言ったとおりのことをした。それを黙っていた。ごめん……恐くて言い出せなかった。取り返しのつかないことをしちまって、恐くて恐くて、ごまかして、なかったことにしたかった。自分が悪いって認めたくなかった」

「わかった」と幾度か頷き返したあと、息子の肩に手を置こうとして、鶴屋の主人は思いとどまった。そして厳しい口調で告げる。

「長次、わたしへの詫びなどどうでもいい。詫びるべき相手は、ほかにいるだろう」

「……はい」

しゃくりあげながらも長次は立ち上がり、敷居の外でかしこまっている留助のほうへ歩み寄っていく。そして留助の前で膝をつくと、深く頭を下げた。

「ごめんよ、留助……」

二年越しにやっと詫びを口にした長次は、敷居に額をこすりつけ、「ごめん、ごめん」としばらくのあいだ繰り返していた。

「おれだってわかっていたんだ。岸井塾にいたときのことも、この前の一蔵のことも、悪いことをしたとわかっていた。なのに、悪いことだって認めることができなかった」

「うん、わかってる。わかってる。長次さんだって、恐かったんだよね」

留助も涙を流していた。

人を傷つけたことは決して許されることではない。だが、過ちを犯してしまった者の苦しみや焦り、底知れぬ不安もまた、留助にも痛いほどよくわかっていた。

だから留助は、怒りよりも哀しみをもって、長次の言葉を聞いていた。

鶴屋での一件があったのち。

その後も一蔵は、せせらぎ庵で手習いが終わったあと、元気に伝介工房へ通っている。

留助は、ここ数日の騒動を、一蔵に打ち明けることはなかった。

事情を知っている平太や千世も、

「いっちゃんには気兼ねなく、のびのびと修業をしてもらいたい」

という留助の願いを尊重したのだ。

一蔵がせせらぎ庵を出て行くまで、あとわずかな日数を残すのみだ。最後の数日は、何ごともなかったふうに穏(おだ)やかに過ぎていく。

この日も留助は一蔵に乞われるまま、ともに伝介工房に同行していた。平太も一緒だった。

そして、伝介工房へ行くと、そこには、歌舞伎役者の中村仲蔵も訪れていた。

「よぅ、三人お揃いだな」

いつものごとく陽気に、仲蔵は笑いかけてくる。

一蔵が兄弟子たちの作業をそばで熱心に見ているあいだ、仲蔵が、工房の隅にたたずんでいる留助と平太のもとへ近づいてきた。

「留助、じつは鶴屋の親父から、お前さんと長次ぼっちゃんのことを聞いたんだ」

突然の言葉に、留助ばかりではなく平太もどきりとした。

仲蔵は、さらに思いがけない言葉をかけてくる。

「かわいそうにな。つらかったろう」

「え……」

仲蔵がやさしく言ってくれるので、留助は戸惑ったまま立ちつくした。

「かわいそう？　おいらが、ですか？」

「あぁそうだ。人を傷つけてしまったことを悔いる日々も、さぞ苦しかっただろう」

「……」

「ちょいと昔話を聞いてくれるかい」

平太と留助が黙り込んでしまうと、仲蔵はひと呼吸を置いたあと話をはじめた。

「おれぁ身内に縁が薄くてな。じつの親に手放されたのだろうが、物心ついたときは大道芸一座のなかで過ごしていた。じきに踊りの師匠に見出されて内弟子に入り、そこから役者の目にとまって歌舞伎の道に進んだ」

だが、役者というのは血筋が第一だった。血筋が悪ければいい役が回ってこない。

役者には厳格な身分割がある。

下から「稲荷町(いなりまち)」「中通り(ちゅうどお)」「相中(あいちゅう)」「上分(じょうぶん)」「名題下(なだいした)」そして最上位の「名題」。舞台で重要な役どころをやるのは、名題下か名題だ。稲荷町などは台詞もほとんどもらえない。しかも稲荷町からはじまった者は、ほぼ名題になれる見込みはなかった。

「歌舞伎役者として歩み出した早々、おれは出世できないことが決まっていたのさ。でも、それでもよかった。唄と踊りが生きがいだったからな。望んだことができて飯が食えるのなら、贅沢は言わなかった。だが、どういう運命なのか、ひょんなことで出世をしちまった。出世をしたらしたで、卑しい身分のくせにと蔑まれ、妬まれ、口にするのもはばかられるほどの陰惨な嫌がらせを受けたものだよ。いっとき命を絶とうと思ったことすらあったほどだ」

「そんな……」

おもわぬ話に、平太は表情をくもらせた。留助も言葉を失っている。

「心無い嫌がらせってやつは、人の命を絶つほどのことなんだ。おれにはよくわかる。だからおれは、留助や長次ぼっちゃんが、昔、筆子仲間にやった仕打ちを許せねぇ」

「……はい、わかっています」

「だが、こうも思った。苛めっていうのは、やっているほうもやられているほうも切ないものだろうと。どちらもが心を切り刻まれるような痛みをおぼえる。おれに嫌がらせをした連中も、いまごろもしかしたら、苦しんでいるかもしれねぇってな」

仲蔵が、留助の頭に手を置き、ゆっくりと撫でた。

「お前の犯した過ちは、一生、なかったことにはならない。許されることじゃない。お前が一生背負っていくものだ。だが過ちを認める心があるのなら、痛みを忘れずに、一生をかけて誰かのためになることをしろ。誰かを傷つけてしまったのなら、傷つけた本人には何もできなくても、ほかの人を救ってみろ。一人でも多くだ」

「……………」

「留助、お前はすでに一蔵のために骨を折った。一蔵がここで修業をつづけられるよう守ったんだ。そのことは覚えておくといい。だからといって過去の過ちが許されるわけじゃねぇが、そんなお前でも誰かのために何かができるのだと信じて、一所懸命、生き抜いてみるといい」

「はい、はい」

留助は両手で顔をおおった。壁のほうを向き、工房を見学している一蔵にわからぬよう、声もなく泣いた。

平太はそんな留助の背中をさすりつづけた。

これまで留助が、己の罪に対し、どんなに苦しんだかと察するにあまりある。この数日、どんなに傷ついたか。どんな思いで長次に手を上げてしまったのか。手を上げてしまったあと、どんな気持ちで長次や鶴屋の主人に頭を下げたのか。

己の親にどれほど申し訳なく思っていたか。

どれほど留助が傷ついたか。

傷ついても、一蔵を守ろうとした留助のつよさにも感じ入る。

苛められた者がすべて、仲蔵とおなじくつよく生きられるわけではない。なかには命を絶った者もいるだろう。だからこそ、人を傷つける行いは許されるべきではない。

だが許されないからといって、過ちを犯した人間をただ責めるだけでは、当人はいよいよ冷酷非道な悪人になってしまうかもしれない。己の過ちに向き合うことはないかもしれない。

「俺は、お前にそんな人間になってほしくないんだよ」

仲蔵は泣きじゃくる留助の頭を優しく撫でつづける。そのぎこちない手つきも、苦労した皺深い手の感触も、手のひらの温かさも、一生忘れないだろうと留助は思った。

「やれることは、きっとまだたくさんある。これからは、しっかり生きるんだぜ、留助」

当代一の歌舞伎役者と呼ばれる男の声は、とても優しかった。

正月気分も抜けてきた月末。

せせらぎ庵では、一蔵の大浚が執り行われた。

ひと晩をかけてお浚いの成果を見ていた千世は、翌日筆子仲間たちがいる前で、

「一蔵、ご苦労さまでした。みごと合格ですよ」

と、ことさら厳粛(げんしゆく)にふるまいながら発表した。

筆子仲間たちがいっせいに一蔵を取り囲み、「おめでとう、いっちゃん！」と祝福の声をかける。

一蔵は照れくさそうに笑っていた。

そんな一蔵に、千世はいつになく優しく笑いかけた。

「ほんとうに感心しましたよ。基本に忠実に、よく学びましたね。これで一蔵は、どこへ奉公に出しても立派につとめができます」

「千世先生、ありがとうございました」

千世に向かって一礼してから、一蔵は筆子仲間たちにも頭を下げる。

「みんなも、ほんとうにありがとう。おいら、せせらぎ庵に通えて、とっても楽

しかった。へこたれそうなときも、みんなに助けてもらった。ここに来られてよかった。奉公にあがってからも、もっともっと精進するから、みんなも気張ってくれよな」

こうして一蔵は、満面の笑みでせせらぎ庵を去った。

哀しい別れではなかったが、明日から容易に会えないのだと思うと、残された者たちの心に一抹の寂しさが募る。

そして、平太も留助も思うのだ。己の進むべき道を見つけた一蔵の姿は、やはり輝いていて、羨ましいものだ、と。

そして羨ましいと思える心があるからこそ、できることもある。一蔵がいなくなった手習い部屋はすこし寂しいが、この寂しさがいつか埋まるまで、自分たちも精進することができるだろうと思えた。

平太は、冷たい朝の風に負けまいと、せせらぎ庵の門前を掃いている。

この日、せせらぎ庵に一番乗りをしたのは留助だった。近ごろ、留助がやってくるのは、いつも早い。皆がそろって手習いをはじめる前に、昨日までの復習をするようになったのだ。そして手習いのあいだも、以前よりいっそう真面目に取り組みはじめていた。

寒さのため鼻の頭を真っ赤にした留助が、元気よく門に飛び込んでくる。

「おはよう、平ちゃん」

「留ちゃんもおはよう。今日も早いね」

「うん、昨日出された問題でわからねぇことがあるから、千世先生に早く聞きたくてさ」

「千世先生なら、もう手習い部屋で墨を磨っていたから、いまのうち聞いておいでよ」

ありがとう、と留助は大きな声で返事をした。

平太も「頑張って」と言葉を返す。

今日も、平太も留助も、ほかの筆子仲間たちも、いつか己の道すじを見つけるために、一所懸命に学ぶのだ。

「おれも留ちゃんに負けていられないな」

平太は朝霧がたちのぼる表通りを眺めてから、箒（ほうき）を動かす手に力をこめた。

二　小さな決意

一蔵がせせらぎ庵を巣立ってから、数日後のことだ。

休日のとある日、平太と千世は三人の客を迎えていた。

「そうかそうか。せせらぎ庵でも、久しぶりに大浚をして出て行く子があらわれたんだなぁ」

感慨深そうに話すのは、千世の昔馴染みであり、平太をせせらぎ庵に連れてきた張本人、勘定奉行でもある根岸鎮衛(やすもり)だった。

鎮衛は勘定奉行をおおせつかる以前、天明三年の浅間山噴火の際、幕府から見分役として現地に遣わされ、そこで平太と出会った。渋みがかった五十絡みの男で、うっすらと笑みを口元にたたえているのが印象深い。飄々とした態度や風体からは、あまり偉そうに見えないので、平太も安心して接することができた。

役目柄、正月は挨拶廻りやら登城やらで忙しく過ごした鎮衛は、月が変わってやっと、せせらぎ庵へ新年の挨拶にやってきたのだ。ついでに岡っ引きの吉次親分や、下っ引きの新七も引き連れている。気の置けない顔ぶれと存分に飲みたいといったところだろうか。

平太をのぞいては皆が酒豪ということもあり、まだ日が高いうちから酒宴がはじまった。

下っ引きの新七が、千世と鎮衛と吉次親分と順番に酒を注ぎながら、

「大逡かぁ、懐かしいなぁ」

と、しみじみ述懐している。年が明けて十九になった新七は、十四歳から一年だけせせらぎ庵に通っていた元筆子なのだ。もちろん新七自身、大逡を行って巣立っている。

かつて新七は町内で札付きの悪童だった。十四になるまで、どこの手習い所でも匙を投げられ、やむをえず奉公に上がった先でもすぐに追い出された。行き場をなくしてせせらぎ庵にほうりこまれ、千世の厳しくもあたたかい指南のもとで更生し、十五の年には大逡をやり遂げ、いまや下っ引きという立派なつとめにも就いている。

世間では「悪童ばかりが通う」と思われがちなせせらぎ庵だが、つまりは、他

所では受け容れない悪童をも見離さず、各々の得意とすることを伸ばし、世に送り出しているということだ。

新七は、千世にとって自慢の元筆子だ。新七も恩師を心から慕っている。だからこそいまもかかわりが途絶えることはない。平太は、こんな師弟関係を、せせらぎ庵を悪く言う人たちに見せてやりたいと思うのだ。

だが、当の自慢の元筆子は、大滲のことを思い出し、うそ寒そうに身震いしている。

「あぁ、思い出しちまったぜ、あのときの恐ろしさときたら」

「恐ろしい？　大滲がですか？」

「そうさ。大滲がひどい出来だったら、千世先生にこっぴどく叱られるだろうし、もう一年ここに通わされるのかと、そりゃあ恐ろしくて恐ろしくて、おれなりに根を詰めたものだったぜ。あんなにひやひやしたことは、あとにも先にもないかもしれねぇよ」

「いやですね、まるでわたしが鬼婆みたいではありませんか」

「かつて新七の目には、そう映っていたかもしれないぞ」

「なんですって、鉄蔵？」

軽口の応酬で賑わうなか、二杯目からは手酌酒をしながら、吉次親分がつぶやいた。

「新七の冗談はさておき。いや、ほんとうに一蔵って子は大したものだよ。伝介さんといえば、その名をよく耳にする高名な摺師だ。そんな人のところで修業をつけてもらえるなんて、千世先生の教えの賜物というやつだろう」

「ほんとうに、そうですね」

吉次親分の言葉に、ひとり渋茶で相伴している平太もまた頷いていた。一蔵が褒められると、我がことのように嬉しくなってしまう。

「いっちゃんは、なんといっても、こつこつと努力ができる人なんですよ。何度か工房に見学に行きましたけど、兄弟子さんたちに一所懸命教えてもらっていました。頭が下がります」

「平太も、見習わないといけないな」

「はい、精進します」

真面目な話はここまで。大人たちは酔いもしだいにまわってきて、ざっくばらんな話になる。

「千世先生の筆子といえば、うちに来てもらっている、おみえだ。あの子はいい子だよ。親に先立たれ、ろくでなしの兄貴に振り回され、それでも身を持ち崩すでもなく真面目に生きている。お澄の店でも客うけはいいし、美人だし、気立てはいいし、算盤の腕前は確かだし。健気(けなげ)で健気で、おれぁときどき泣けてくるんだ」

酔いがまわりはじめた吉次親分が、ときおり洟をすすりながら語る。

せせらぎ庵の元筆子で、いまは吉次親分の女房お澄が営む小間物屋につとめているおみえは、いまやすっかり店の看板娘になっている。吉次親分にとっても自慢の娘同然なのだろう。

「平太も、正月に会ったよな?」

「はい」と、平太はうわずった声で返事をした。

「親分のところに新年の挨拶に行ったときに、たまたま……」

せせらぎ庵を巣立ってから、およそ半年ぶりに会ったおみえは、見違えるほど大人びて、きれいになっていた。思い出しただけでも、平太は頬や耳が熱くなってしまう。

それを見た新七がにやりと笑った。

「おいおい、おみえのことを思い出して赤くなってやがるな。平太も男だねぇ」

酒豪たちと同席していて、新七もすっかりできあがっている。平太をからかう口調にも拍車がかかる。

「平太は、おみえに惚(ほ)れてるのかい？」

「そんなんじゃありません！」

「ほんとうか？　ならば、いませせらぎ庵に通っている女の子は誰がいたっけ？」

「おさとちゃんとおゆうちゃんですけど」

「どんな子たちだ？」

「真面目な子たちですよ。おさとちゃんは右手が少し不自由だけど、それを感じさせない頑張り屋です。おゆうちゃんはおとなしいし、母親の手伝いがあって他の子より休みがちだけど、それだけに一所懸命に手習いをしていると見受けられます」

「ほほう、両手に花ってやつか。隅に置けねぇな。で、かんじんな話はここからだ。平太はどっちが本命なんだ？」

「だから、そんなのじゃないですって」と、妙にしつこい新七をあしらっておいてから、平太はふと考え込んでしまった。

「でも、おゆうちゃんのことは……」

名を呼んでから、やや口ごもる。

「こんなこと言いたくはないけど、ちょっと苦手かな」

ゆう、とは平太の亡き妹とおなじ名だった。それだけでも心が乱れるが、平太はつい近ごろ起こったできごとを思い出していた。

数日前のことだった。

春の気配はまだ遠く、午を過ぎてから、たれこめた厚い雲から雪がちらほらと舞いはじめた。その後も、時が経つにつれて冷え込みは厳しくなり、雪の勢いも増していく。

手習いが終わる時分には、おもての通りもすっかり白くなっていた。

「わぁ、ずいぶんと積もったなぁ」

「雪だ、雪だ」

「滑りますからね、足元には気をつけて帰るのですよ」

せせらぎ庵の手習い師匠、千世が注意を促すと、筆子たちは「はぁい」とか「先生またね」などと元気よく返事をして帰って行く。

千世と一緒になって筆子たちを見送った平太は、家のなかに戻り、ひと気のなくなった手習い部屋の掃除をはじめた。文机をすべて隅に寄せて箒をかける。すると掃き掃除の途中で、畳の上に転がっている巾着袋を見つけた。

「あれ、忘れ物かな」

手に取るとずいぶん軽いので、中身をたしかめてみると、針山と糸と端切れなど、お針の道具がひととおり収まっていた。

「おさとちゃんか、おゆうちゃんのものかな」

お針の道具ならば女の子の持ち物かもしれない。すくなくとも留助が持っているとは思えない。

おさとかおゆうのどちらかが忘れ物に気づいて戻って来るかもしれないから、平太は箒を置いたあと、雪の舞い散るおもてへ出てみることにした。

玄関を出て枝折戸に手をかけた平太だったが、ふと足を止める。門前にうずくまる人影を見つけたからだ。

おゆうだった。

忘れ物を取りに戻ったのか、あるいは皆が帰ったあともずっとそこに残っていたのか。おゆうひとりだけが、雪を頭や肩に積もらせながら門前にとどまっていた。

おゆうは膝を抱えて泣いていた。

うずくまり、声を押し殺しながら肩を震わせている。

平太は声をかけられなかった。おそらく、おゆうは泣いている姿を平太には見られたくないだろう、と思ったからだ。平太もまた雪のなか立ちつくし、泣き止んだおゆうがしずかに坂をくだっていく後ろ姿を、黙って見送るしかなかった。

おゆうが泣いている姿は、しばらく平太の頭に残った。片づけのつづきをしていても、夕餉を取っていても、やはり声をかけるべきだったか、わけを聞くべきだったか——と考えてしまう。床についた後も、あれこれ思い悩み、あまり眠れない夜を過ごした。

寝不足のまま迎えた翌朝。

ひと晩降りつづけた雪はやんでいたが、この日は早朝からご近所総出で表通りの雪かきをすることになり、平太は率先して参加することになった。千世から「平太、頼みますね」と言われる前に出張ったのは、もちろん日頃の千世の教えのたまもの、「働かざる者食うべからず」と刷り込まれているゆえでもあるが、眠気覚ましに早朝の冷たい空気を吸いたかったためでもあった。

寒さに身が縮み、手がかじかんだが、雪かきが終わるころにはすっかり体中あたたかくなっていた。手習いがはじまるまではまだすこし間があったが、おゆうが坂をあがってくる姿を見つけた。

平太はおゆうに声をかける。

「おはよう、おゆうちゃん。ずいぶん積もったね。足元は大丈夫だった？」

「……うん、おはよう」

素っ気ない返事だが、おゆうはいつもと変わらぬ様子だ。普段から、誰に対しても素っ気ない態度なのだ。特段楽しそうでもないかわりに、昨日みたいに哀しげでもない。平太はすこしだけ安心した。

安心したところで、昨日の忘れ物のことを思い出す。せせらぎ庵に入ろうとするおゆうを呼び止めた。

「ねえ、おゆうちゃん、ちょっと待って」

「なにか用？」

玄関に入りかけていたおゆうが、面倒そうに返事をしながら振り返った。

おゆうのもとに駆け寄り、平太はふところにしまってあったものを取り出してみせる。昨日、手習い部屋を掃除しているときに見つけた巾着袋だ。

「これ、昨日、拾ったんだけど」

「……」

「お針の道具。忘れ物かな、おゆうちゃんのじゃない？」

「違う、あたしのじゃない」

「そっか。ならば、おさとちゃんのかな」

「あの子がお針なんかやるの？」

「どうして？」

おゆうが思いがけぬことを言うので、平太は首をかしげた。するとおゆうは、皮肉めいた口調でつづける。

「だって、あの子って右手をあまり動かせないじゃない。お針なんてできるのかな。あんな様子じゃ、着物を仕立てるのだって、繕い（つくろ）ものだって、満足にできないんじゃない」

「えっ？」

おゆうは何故そんなことを言うのだろうと、平太は戸惑った。何と返したものかわからず立ち尽くしていると、やがて背後から、積もった雪を踏みしだく足音が聞こえてきた。

平太とおゆうは、あわてて振り返る。

ふたりのすぐ後ろには、話にのぼっていたおさと本人が立っていた。

平太とおゆうの会話を聞いていただろうに、おさとは嫌な顔ひとつせず、にこやかに笑いながら、

「それ、あたしの」

と、平太が持っている巾着袋のほうに手を伸ばしてきた。

「なくしたと思っていたんだけど、平ちゃんが拾ってくれたんだね。ありがとう」

「う、うん」

平太が口ごもっていると、おさとはにこやかな表情のまま話を進める。

「あたしの右手、あんまり動かないけど、繕いものを押さえるくらいはできるんだ。だから、左手で針を持って縫うことができるの。おっかさんと一緒に練習したの」

「そうなんだ、すごいね」

「おゆうちゃんは縫物が得意なの？」

「え？」と、ふいに話を差し向けられ、おゆうは戸惑いながら返事をした。

「どうしてそう思うの？」

「だって、わたしみたいに手が動かないわけじゃないでしょ。もし得意なら、今度わたしに教えてくれない？」

「……あたし縫物はしない」

「どうして？　お嫁さんになるにしても、どこかで女中奉公するにしても、できるに越したことはないと思うけど。だから、わたしなんかでも頑張って練習をしているんだけど」

「うちの母親はしがない洗濯女で、不器用で繕いものができないし、そんなもの誰も教えてくれないから」

おゆうは吐き捨てると、平太とおさとから顔をそむけ、そのまま黙って玄関に入って行ってしまった。

軒下に取り残された平太は、巾着袋をおさとに手渡しながら、あわてて頭を下げた。

「おさとちゃん、ごめん」

「どうして平ちゃんが謝るの？」

「おれ、おゆうちゃんに何も言い返せなくて」

「平ちゃんが言い返すことなんて何もないじゃない。わたしが言われたことだもの」

巾着袋をふところにしまったおさとは、いつもと変わらず明るくふるまっている。

「あんなこと何度も言われてきたことだもの。いまさら気にもならない」

「千世先生に話をしてもらおうか？」

「いいの、いいの。千世先生には黙っておいて。あまり大ごとにしたくないし、手習いが遅れるのもいやだから」

「でも……」

「ありがとうね、気にかけてくれて。でもわたしは大丈夫。それよりもどうしたの平ちゃん、寒いのにすごい汗をかいているじゃない。雪かきをしていたの？だったら汗が冷えちゃうから早くなかに入ったほうがいいよ。風邪を引いちゃうよ」

おさとを気遣うどころか、却（かえ）っておさとに気遣われてしまう平太だ。何とも情けない気分になったが、それでも、おさとが気丈にふるまってくれるのをありがたいと思いながら、平太は火鉢が置いてある暖かい部屋のなかに戻った。

この連日のできごとが、平太が、おゆうのことをすこし苦手だと感じるきっかけとなった。

おさとは右手のことを言われても「平気」と言っていたが、ほんとうにそうだろうか。以来、気になって女の子ふたりのことを観察していると、手習いの最中、おさととおゆうは、隣どうしで座ることもないし、ほとんど雑談もしないことにも気づいてしまった。

これには、ほかの男の子たちも気づいていたらしく、あるとき、おしゃべりの茂一が平太に向かってささやきかけてきた。

「ねぇねぇ平ちゃん、おさとちゃんとおゆうちゃんって、仲が悪いんかな」

「えっ？　どうして？」

「だってあのふたり、手習いの最中も、そのほかのときも、ちっとも話をしないじゃないか。いつも離れて座っているしね。女の子どうしって、すぐに仲良くなれるのかと思っていたけど、存外こじれるものなんだなぁ」

訳知り顔の茂一の見立てに同意しながらも、平太は何もこたえられずにいた。

正直なところを言うと、おさととおゆうが仲が悪いのかどうかわからないのである。

先日のことも、口喧嘩というにはあまりにささやかな衝突だったし、おさとに限っては、普段の様子と何も変わらない。どちらかというと、おゆうのほうが、おさとを避けているかにも見える。とはいえ、その後ふたりが衝突したところを見たわけでもないので、平太などには、女の子たちの心理など到底わからないのである。

平太はふと、数日前に根岸鎮衛や吉次親分、新七らと会ったときのことを思い出していた。そのとき新七に揶揄（やゆ）されたが、至極こんな調子なので、まだまだ、どちらの女の子が好みかどうかなどという感情が芽吹くわけがない。

「まったく新七さんも気が早いや」

「え、平ちゃん何か言った？」

「ううん、何でもない」

かぶりを振ってから、平太はこの話題を打ち切った。女の子どうしのことには、安易に首を突っ込むべきではないとも思えたからだ。

そんな気遣いのいっぽうで、後日、平太は、おさととおゆうが、手習いが終わってから気軽にお喋りをしている姿を見た。先に話しかけたのはおさとだが、おゆうも気負った様子もなくこたえている。

「ねぇねぇ、おゆうちゃん。昨日、おゆうちゃんが休んでいたときに千世先生に言われたんだけど」

「なぁに？」

「今度、わたしたちふたりの都合が合うときに、お作法やお行儀を指南してくださるっていうの。よかったら一緒に習ってみない？」

「行儀見習い？」

「うん。どこに奉公に上がるにしても、おつとめするにしても、女の子ならば行儀やお作法はついてまわるから、すこしずつ身につけたほうがいいって。千世先生は旗本のご妻女だったから、精通しておられるのよ」

「……ふぅん、そうなんだ。わかった、おっかさんに聞いて都合をつけてみる。教えてくれてありがとう」

「どういたしまして。一緒に習いましょうね」

「うん」

おゆうの返事はそっけないが、雰囲気(ふんいき)はさほど険悪ではない。行儀見習いやお作法となれば、女の子どうしわかり合えるものもあるのだろうか。とはいえ、先日まではほとんど口もきかなかったのに、何事もなかったようにお喋りをしているとは、やはり不思議なものである。

　平太が「おゆうちゃんのことは、ちょっと苦手だ」と感じてしまうのは、もしかしたら女の子そのものが「得体の知れないもの」として感じるからだろうか。

「女の子って、ほんとうによくわからないな」

　しみじみと嚙みしめる平太だった。


　いっぽうで、年が改まってからせせらぎ庵に通いはじめた筆子――おゆうと格之進のうち、格之進のほうとは、平太は相性が良かった。

　この日、朝一番でせせらぎ庵にやってきたのは、新入りの格之進だ。

　格之進は、まだ誰もいない手習い部屋でひとり文机に向かい、難しそうな漢書に目を通している。それは前日に千世が貸し与えていたものだ。ひと晩でもう読み終わったのだろうかなどと思いつつ、平太が火鉢を持って行くと、格之進は白い歯を見せて明るく笑ってみせた。

「かたじけない、平太さん」

「いえ、部屋を温めておかなくてすみません。冷えるでしょう。さぁ手をあぶってください」

「ではありがたく」

火鉢にかかげられた格之進の両手は、驚くほど細くて白かった。故郷では野良作業を手伝ってきた平太の角張った手とはまるで違う。

格之進——御持組（おもちぐみ）に配される御家人の二男であるという幸田格之進は、幼い頃から病弱だったと聞かされている。新年を迎えて十四になったが、十歳になる頃までは体が弱いせいで、ろくに道場や手習いに通うことはできなかった。近ごろになって、すこし体力がついたので手習いに通うとなったものの、この年になると、もはやほかの武家の子たちに、手習いでも武術でも追いつくことは難しくなっていた。

気の毒な境遇とも思えるが、格之進本人はいたって明るくふるまっている。たとえ他人より遅れても、手習いをしたいという前向きさもあった。

そこで、近所にせせらぎ庵という、一風変わった手習い所があると聞き及び、この年から通いはじめたのだ。

一緒になって火鉢を囲みながら、平太は格之進に尋ねた。

「ここに通いはじめて、ひと月ですが、せせらぎ庵はいかがですか」

「うん、じつは毎日が驚くほど楽しい。平太さんたちは親切だし、千世先生も、わたしが病弱だからといって手を抜かず、たくさんものごとを教えてくださる。ありがたいことだ」

　格之進はもともと地頭の良い人で、千世との相性も良いらしく、手渡される教本を綿が水を吸い込むがごとく我がものとしていく。いまは難しい漢書も読みあさり、算盤の腕もめきめきと上がってきた。かたわらで見ていて、平太もすがすがしいほどだった。

「格之進さんがそう言ってくださると、千世先生もきっと嬉しいはずです」

「こちらこそ。両親や兄も、わたしが手習いに通うのをとても喜んでくれているのだ」

　手をこすり合わせながら格之進が嬉しそうに語る。

「家の者には、これまでさんざん気を遣わせてきた。医者に先は長くないと言われ、寝込むたびに、親を泣かせてきたからね。だから、毎日欠かさず出かけていくわたしを、皆がとても嬉しそうに送り出してくれる」

「そうでしたか」

「もちろんまだ体は弱いし、親や兄にも迷惑をかけるかもしれないけど、でも、すこしでも多くのものを学んで、家の役に立てればいいと思ってる」

「すばらしいお心がけと思います」

平太が言うと、格之進は照れ臭そうに鼻の頭をかいた。

格之進には、きっと「焦らずともいいから、できることを一所懸命に学んでほしい」というせせらぎ庵のやり方に合っているのだと、平太にも思えた。

先日、せせらぎ庵を巣立って行った一蔵にも言えることだ。大多数の歩調に合わせることが苦手であっても、我が道を見極め、邁進(まいしん)できる子がいる。たとえほかの子よりも歩みが遅かったとしてもだ。その道を見出してあげるのが鬼千世先生だ。

もちろん町内で一番の大所帯である岸井塾のように、大人数で高め合い、追いつけない者を振るい落としてでも、より優秀な者を育てるという指南方法もあるだろう。

どちらの手習いを望むのか。子どもたちがひとりひとり、それぞれに合った方法を見出せばよいだけなのだ。一所懸命に学ぼうとしているのは、せせらぎ庵の筆子でも岸井塾の筆子でも変わらない。

一蔵や格之進のような子どもには、自らの道をゆっくりと探すことが合っている。おそらく平太もおなじだ。だからこそ格之進の姿を見て、己も精進せねばならないと思えてくるのだ。

部屋がすこしずつ温まってきたころ――すこし間をおいてから、今度は格之進が平太に尋ねてきた。

「平太さんは」

「はい？」

「平太さんは、この先、どんなことを学びたいか、どんなおとなになりたいか、考えているのかな？」

すこし考え込んだあと、「だいたいは」と平太はこたえる。

「ほう、どんなことだろう？」

「まだはっきりと道を定めたわけではありませんが、おれが千世先生やほかの人たちに助けられたように、人を助けられる術を身につけたいと思っています。たとえば――」

人を助ける術は数多あるが、平太が目指すものは、直に人を救うことができるもの。たとえば、本草学とか、ゆくゆくは医術を身につけるとか、おぼろげながら、そんなことを考えはじめていた。

あまりにも無謀なことだとはわかっているので、これまで多くは語ってこなかった。だが、格之進相手ならば、なぜか話してもいい気がしていた。

「これまでは、人のためといっても、漠然としてはっきり考えがまとまらなかったのですが」

つい最近、ある些細なできごとがあった。

千世の蔵書のなかに本草学のことが書かれた本があったのだが、千世の部屋の掃除をしているときにたまたま見つけて、掃除も忘れて読みふけっていたことがある。薬種になる草木が挿絵つきでつづられていて興味をそそられた。

さすが千世先生はさまざまな本を持っていると、感心していた平太だが。

とある項に、

「深酒してしまった際、胃の腑の痛みなどに効能あり」

という書きつけがあったのにはすこし笑ってしまった。

「千世先生は、とにかくお酒を好まれます。この前も客人と深酒をしてひどい胸やけと頭痛を訴えていました。そこでおれは、本草学の書で見た薬を煎じてみたのです」

「どうだった？」

「驚くことに、効果てきめんだったらしくて」

「それはすごい」

「こういう方法で人を助ける道もあるのだな、と気づきました。その場ですぐに、己の手で、人の体や命を助けられる道が」

「人の体や命を助ける？」

「ええ、じつは……」

すこしためらいながらも、平太は語を次ぐ。

「あまり人様にお話しすることではないのですが。おれは、かつての浅間山噴火で親や妹、おなじ村の人たちを大勢亡くしたんです。火砕流で村がおおわれ、大怪我をした人、いままさに息を引き取ろうとしている人たちを、幾人もこの目で見た。幼かったおれは何もできず、見ていることしかできなかった。そのときの悔しさや哀しさがあるので、ふと、そんなことを考えてしまったのかもしれません」

「……」

平太の昔話に、格之進は言葉もなく聞き入っている。

「もちろん、医者になるなんて大それた望みです。読み書きの基礎しか、まだできないくせにね。でも、すこしずつでもいいから、手習いの合間に、本草学や医術の書に目を通しておくのもいいかもしれないと思っているのです」

「なるほど」と格之進はやっとのことで声を絞り出し、相槌を打った。

「そういう道も、あるのだな」

「おかしいでしょう?」

「おかしくなんかない」と、格之進は真剣な面持ちでこたえた。

「ちっとも、おかしいことなどない。むしろ、そんな大変なできごとを乗り越えて、前向きに手習いができる平太さんはすごいと思う」

「あ、ありがとうございます」

すっかり気が合ったふたりは、ほかの筆子たちがやってくるまで、あれこれと話に花をさかせた。あまりにはしゃぎすぎたので、格之進が咳き込んでしまったほどだ。

「大丈夫ですか、格之進さん」と、平太があわてて背中をさする。

「うん、大丈夫。よく起こる咳なのだ。もう慣れっこだ」

しばらくして息を整えてから、格之進はあらためて言った。

「ありがとう、平太さん」

「え？」

「こんなわたしと仲良くしてくれて。わたしのことはどうか格之進と呼んでほしい。いや、いいんだ。御家人の子だろうと、そんなのはどうでも。わたしがそう呼んでほしいから」

「あ……はい」

平太は戸惑いながらも頷いた。

「では格さんと呼ばせてください」

「格さん……？」

「格之進じゃ、ちょっと堅苦しいから」

「格さん、か」

己で口ずさんでみて、格之進はかすかに噴き出した。体が弱いことなど忘れてしまいそうな、底抜けに明るい満面の笑みだった。平太もおもわず顔をほころばせる。

「ではわたしも、平太さんのことを平さんと呼んでも？」

「なんだかくすぐったいですね」

「お互いさまだ」

平太と格之進は顔を見合わせて、ふたたび噴き出した。

格之進がせせらぎ庵にやってきてひと月あまり、格之進が心を開いてくれたことが、平太にとっては嬉しかった。

こうして、おなじ筆子仲間、子どもどうしのなかでも、さまざまな人付き合いがある。

年が明けてから入ってきた筆子ふたりのうち、格之進はますます手習いに熱心になり、いっぽう、おゆうはいまだ馴染めていない様子だった。

おゆうが馴染めていない理由は、いくつかある。

ひとつは、内職をしているので休みがちであるせいだ。おゆうの家は母ひとり子ひとりなので、家計を支えるためにやむを得ないところがある。休みが多ければ、自然と場に慣れるのにも時がかかるものだ。

いまひとつは、おゆうのそっけない態度や、やや刺々(とげとげ)しい言動のせいだろう。

平太が、おゆうのことをすこしだけ苦手と感じたのと同じく、そう思っているのは、どうやら自分だけではないらしい。ほかの筆子たちも、おゆうにはあまり近づこうとしないし、率先して話しかけることもしない。つい先日おさとが不自由な右手のことを悪く言われたように、ほかの筆子たちも、不愉快なことを言われたり、態度を取られたことがあるらしい。

まず留助は、かつて岸井塾にいたときのことを知っているおゆうに、あえて近づこうとしなかった。おさとはおさとで用事があるときにしか話しかけないし、年下組の三人も避けているふしがある。なぜなのかを尋ねると、年下組の亀三、弥太郎、茂一も、それぞれ「算術馬鹿」だとか「弱虫」だとか「おしゃべり」などといったことを言われたのだという。

格之進はというと、御家人という身分であるから、おゆうのほうがあからさまな壁を作っているし、格之進もそれを察してか話しかけることもない。

もちろん平太も何度か、おゆうから面白くない言葉を投げかけられたことがあった。

たとえば、

「千世先生のところの居候だからって偉そうにしている」とか「あんたは、いつもいい子ぶっている」など、何かの拍子にそんなふうに言われたのだ。

これでは平太も、おゆうとお喋りをしたいとは思わない。

ほかの筆子たちも同様なのだろう。だからよけいにおゆうの孤立は深まっていく。おゆう自身も、そんな雰囲気を感じ取り、手習いから足も遠のいているのではないだろうか。

「おゆうちゃんのこと、このままでいいのでしょうか」

ある日、とうとう見かねて平太は千世に話を持ち掛けた。

「おゆうのこととは、どういったことですか？」

いまのところ千世は、おゆうの勝手にさせている。ほかの筆子たちと仲良くしろとも言わないし、手習いを休みがちであっても、出られるときだけ顔を出すよう言っているだけだ。このままでいいのだろうかと、平太は気がかりだった。

「おゆうちゃんが、なかなかほかの子たちと馴染めないことですよ。このひと月見てきましたけど、あまり変わりはないみたいです。ここは、千世先生が仲を取り持ってあげるべきではないでしょうか」

「わたしがですか？」

いいえ、と千世はかぶりを振った。

「わたしが口を出すことは、かえってよくありませんね。わたしが命じて、表向きに仲良くするふりをするだけでは、見えないところで溝は深まるし、お互いよけいに傷つきます。平太は無理やりにうわべだけで付き合って、おゆうとほんとうに仲良くなることができますか？」

「たしかに」と平太は唸ってしまった。

「はじめはいいかもしれませんが、やがて綻びが出るでしょうね」

「そうでしょう。子どももそれぞれに事情があります。おゆうは休みがちですし、いまは手習いについていくだけで精一杯なのかも。おゆうにはまず、しっかりとここに通いつづけてもらうことです。手習いを習慣づけ、やめずにつづけることが第一。お針や行儀作法も、平太やほかの皆と仲良くなることも、そのつぎかもしれませんよ」

「そういうものですか」

「ええ、そういうものです。ひとりひとりの歩調というものがあるのですから。一度にすべてをこなそうと、焦ることはありません」

千世はそう言うのだが、この日も、おゆうは手習いに顔を出さなかった。しかも困ったことに、おゆう不在のときのほうが、心なしか手習いの場が穏やかな雰囲気になる。朗らかで周囲を和ませてくれた一蔵がいなくなってから、ことさらそう感じることが多い。もしかしたら、ほかの筆子たちもおなじことを思っているかもしれなかった。

平太は、もどかしかった。たしかにおゆうのことは苦手だが、だからといって、おゆうが来なくてほっとしている自分もいやだったたし、このままおゆうが手習いに来なくなったら、それはそれで寂しいとも思うのだ。

「千世先生、ほんとうに、おゆうちゃんのことどうするつもりかな」

おゆうが休みはじめてからはや五日目。千世の性分だと、そろそろほうっておけなくなって、「おゆうの家へ迎えに行きます」と言い出す頃に違いない。

そんな矢先のことだった。

この日も手習いが終わり、筆子たちを見送ったのち——夕刻になってから思いがけない訪問者があった。

「千世先生、いますか」

六日目も音沙汰なく、この日も手習いに顔を出さなかったおゆうが、突如、せせらぎ庵にあらわれたのだ。しかもひとりではない。ひとりの女の人を連れていた。暗がりで顔がよく見えないが、この寒さのなか薄手の浴衣(ゆかた)一枚で、痩せた体を震わせている。

玄関でふたりを出迎えた平太は、あわてて台所の千世を呼んだ。

「千世先生、おゆうちゃんが来てます！」

「あらまぁ、おゆう、こんな時分にどうしました」

雪がちらつきそうなほどの寒さのなか、立ち話もない。千世は、おゆうと女を家のなかに招き入れた。

ひとまず手習い部屋に通されたおゆうは、いつになく神妙な様子で頭を下げる。

「千世先生、手習いをずっと休んでいてすみません」

いいのですよ。と、前掛けで手を拭きながら千世はこたえる。

「そんなことよりも、どこか具合でも悪いのかと気になっていました。そろそろ長屋のほうへ様子を見に寄ろうかと思っていたところなのですよ。近ごろはどうしていましたか。また内職ですか。ちゃんと食べているのですか？　それから、こちらは……」

矢継ぎ早におゆうの近況を問いただしていた千世が、おゆうの後ろに座っている女に目を向けた。女は顔を隠すようにうつむいたままでいる。女の代わりにおゆうがこたえた。

「あたしの、おっかさんです」

「まぁ、お母上でしたか。入塾のときお会いして以来でしたね。おきぬさんとおっしゃいましたか」

「……娘がいつもお世話になっています」

そこでやっと女が顔を上げた。面と向かっていた千世も、ちょうど火鉢を運んできた平太も、そこで息を呑む。

おゆうの母親――おきぬの顔には、右目の下と右頬に、大きな青痣があったからだ。


おゆう母子がやってきたとき、平太と千世はちょうど夕餉の支度をしていたところだったので、自分たちの分をすこし減らし、おゆうたちにも夕餉を振る舞うことにした。振る舞うといっても、里芋入りのおつけを作っただけで、あとは仕出しの煮物と朝炊いておいた冷や飯があるだけである。

腹が減っていたのか、質素なものだが、おゆうたちは出された膳を平らげた。

母親のおきぬのほうは、傷ついた口の端が痛むらしく、箸を動かしながらも時折顔をしかめながらであったが。

四人での夕餉が終わり、ひと心地ついたところで、おきぬが改めて千世に頭を下げる。

「千世先生、夜分にあつかましく押しかけてしまい、夕餉までご馳走していただいて、あいすいませんでした」

「いいんですよ。わたしたちもちょうど食べるところでしたから。どうぞお気になさらず」

「ありがとうございます」

膳を片付けてから平太が部屋に戻ってみると、千世とおきぬが文机をはさんで何やら話し込んでいる。おゆうは部屋の隅で障子にもたれかかりながら、その様子を眺めていた。

平太はいったんおもてへ出て門の戸閉まりを確かめたあと、ふたたび部屋に戻り、手習い部屋の隅で膝を抱えているおゆうに歩み寄った。

「おゆうちゃん、寒いだろう。火鉢のそばへ行ったら？」

おゆうは力なくかぶりを振った。

「……ここでいい」

「そこじゃ冷えるよ。それとも、おっかさんの話が終わるまでおれの部屋に行っさすがに落ち込む。平太はおもわず肩をすくめた。

「あんたの部屋になんて行かない。ここでいいったら、いい」

おゆうの物言いは取り付く島もない。いつものこととはいえ、言われたほうは

「じゃあ、いまからお茶を出すから、手伝ってくれないかな」

「……………」

根気よく平太が話しかけるものの、おゆうは刺々しいまなざしを向けてきた。

「夕餉まで出してお茶も淹れてくれるなんて、ずいぶんと親切ね。施しのつもりなの？」

「施しだって？」

「そう、施し。哀れな筆子仲間に恩着せがましいことして、いい気分になっているの？」

またもや、おゆうはそんなことを言うのかと、平太は内心うんざりしてしまった。表情にも出てしまっただろう。それでも口に出しては別のことを言う。

「まさか、そんなんじゃないよ」

「どうだか。いかにも迷惑だっていう顔をしてる」

ているかい？」

「それは、おゆうちゃんが嫌なことを言うからじゃないのさ」

「何さ、あんたなんて。千世先生のところに居候して、すこしばかり目をかけられているからっていい気になって。あたしを憐れんでいるんでしょう。そうなんでしょう」

「言いがかりはよしてよ。憐れむも何も、おゆうちゃんがどうして今夜訪ねてきたかも知らないんだから」

しばらく我慢したのだが、むかっ腹が抑えられなくなって、平太も言い返す。

だが、言ったあとにすぐに後悔した。

おゆうの表情が、哀しげに曇ったからだ。言い過ぎたと思った。

もちろん平太は、おゆうが言うように「施しをしてやろう」などと考えたつもりはこれっぽっちもなかった。おゆうがつらそうにしていたから、思いやったつもりだった。だが、おゆうからしてみれば、ひょっとして自分は他人に施しを与え、勝手に満足している人間に見えるのかもしれない。

平太は大きなため息をつきながらつぶやいた。

「もう、言い合いはやめよう」

――おゆうちゃんと話をしていると、なぜだか自分のことも嫌になってくる。

それはもしかしたら、自分という人間が、おゆうの言う通りの人間だからなのかもしれなかった。

考えれば考えるほど気が滅入ってきた。

——おゆうちゃんとは、あまりかかわらないほうがいいのかな。

いったんそう思ってしまうと言葉をつづけられず、平太は、おゆうのそばに立ちつくした。立ち去ることもできずに往生していると、千世とおきぬの話がちょうど終わったところだった。

「千世先生」

平太は千世に助けを求めた。おゆうへの接し方がわからなくて、いたたまれなかったからだ。話を終えた千世がこちらを振り返り、平太とおゆうを見比べてから、しずかに告げる。

「平太、ふたりには今晩ここに泊まってもらいます。それでいいですね、おゆう」

千世が話を向けると、おゆうはぎこちなく頷いた。

わけがわからないのは平太である。

「え……そうなんですか？　どこに泊まってもらうんです？」

「あなたの部屋を、おゆうたちに貸してあげてください。あなたは手習い部屋に夜具を運んで、しばらくそこで寝起きすること」

「しばらくって、おゆうちゃんたちは、今晩だけではなく何日かここにいるってことですか？」

平太がおゆうのほうに目を向けると、おゆうはすぐに視線を逸らしてそっぽを向く。ますます平太はむかっ腹が立ってきた。

おゆうとの話し合いをあきらめた平太は、千世に訴える。

「どういうことですか。泊まってもらうのはいいですけど、いつまでですか。わけも話してもらえないんですか」

「いつまでとはすぐに言えませんが、いまは、ふたりは長屋に帰らないほうがいいかと思います」

「だからどうして」と平太がなおも食い下がろうとしたときだ。

まるで間合いを見計らったように、突如、おもてから男のがなり声が聞こえてきた。

「おいっ、おぉい、おきぬ、出てこい、お前がここに入ったのを見たやつがいるんだぞ！」

平太はおもわず身をすくめる。おゆうとおきぬ母子もまた、小さな悲鳴をあげて身を寄せ合った。

夜も更ける時刻なのに何者だろうか。先刻門は閉めたはずなのに、勝手に開けて入ってきたのだろうか。玄関の向こうで、戸を叩く激しい物音があがっている。

戸が叩かれたあと、男の声がふたたび響いた。

「ちくしょう、心張り棒をかけてやがるな。開けろ、ここを開けろ！」

がなりたてる剣幕と、いまにも戸を破らんばかりの物音は、物騒この上ない。声の主がわかっているのだろうか。おゆうは怯えた表情で、襖越しに玄関のほうをじっと見つめている。

そんなおゆうの体を抱き寄せながら、おきぬが震える声で言った。

「常吉だ。あいつ、あたしたちのあとをつけてきたんだろうか」

「常吉さんというのは、先ほどのお話にあがった男ですか？」

千世が問うと、おきぬは恐々と頷いた。その様子で平太も察する。おゆう母子が今日ここに泊まることになったのは、おもてにいる男のせいかもしれないと。

そんなことを考えているあいだにも、男の怒鳴り声はつづいている。

「いましがた女と娘が転がり込んできたろう！　ふたりを出せ。やい、いるんだろ、おきぬ、おゆう、わかっているんだぞ。出て来ねぇと戸を壊してでも入るからな。おとなしく言うことを聞きやがれ！」

「やれやれ無礼な御仁ですね」

男の声はところどころ呂律があやしいので、もしかしたら酒に酔っているのかもしれない。口汚い罵り声を聞きながら、千世はため息をついた。

「酔っているからといって何をしてもいいと勘違いしている人は、酒を嗜んでいるのではありません、酒に呑まれているのです。我を忘れる飲み方は、酒にも失礼というものです」

酒豪の格言というべきか何というべきか。もっともらしいことを言った千世は、怯えて身を寄せ合う母子に待っているよう促すと、ゆっくりと立ち上がった。

襖をいきおいよく開け、そのまま玄関に向かおうとする千世のあとに、平太もあわててついていく。

「千世先生、どうするおつもりですか」

「このままではご近所迷惑ですからね。おゆうたちも怯えていますし、お引き取り願いましょう」

「あまり話の通じる人とは思えないのですけど」

「わたしもそう思います」

では、どうやってお引き取りを願うのか。

まさか——と悪い予感を覚えて平太が問いかけると、一度立ち止まった千世は、落ち着いたそぶりでのたまった。

「酒に呑まれた人間には、どんな説教をしても無駄でしょう。いまは力尽くで追い返すのみです」

「力尽く、というと」

「決まっています」と言い、ふたたび歩き出し、玄関に立った千世が手にしたのは、戸板脇に立てかけてあった薙刀だ。

その様子を見て、「あぁやっぱり」と平太は顔をおおいたくなったが、そうしている間にも、薙刀を携えた千世は、男がはげしく叩く玄関の戸をじっと見つめていた。

「やい、遅(おせ)ぇぞ、いつまで待たせやがる。さっさと開けろ」

足音で千世の気配に気づいたのか、男がさらに声を張り上げる。

千世は男にこたえることはなく、背後の平太に目配せをした。

「平太、わたしがいいと言ったら、戸を開けてください」

「大丈夫ですか、千世先生」

「わたしは大丈夫です」

「違います。先生のことを気にしているのではなくて……」

千世のかたわらを通り過ぎ、激しく叩かれる戸の前に陣取った平太は、あわてて首をふった。

「おもての男の人のこと、ほんとうに斬ったりしないでくださいね。脅すだけですからね」

「あなたという子は……」

千世は心外そうに眉をひそめる。

「わたしがそんな野蛮なことをすると思いますか」

「……くれぐれもお気をつけて」

「はやくお開けなさい」

千世の号令があって、平太は手早く心張り棒をはずし、戸を開け放った。拍子に、戸にへばりついていた男が体勢を崩して土間に転がり込んでくる。そこへ、身構えた千世が、薙刀の切っ先を突き付けた。

「無礼者、そこへ直りなさい！」

「ひぃっ」

土間になだれ込んだのは、深酒のせいで足元はおぼつかず、乱れた鬢（びん）や着物の様子から見て、いかにも身持ちが悪そうだ。土間に膝をつくなり、悲鳴を上げた。鈍く光る薙刀の切っ先が、目と鼻の先に迫っているのを見れば、誰でも悲鳴を上げるだろう。

たじろいだ男が一歩下がれば、薙刀を構えた千世が間合いを詰め、また一歩下がれば、さらに進み出る。それを幾度か繰り返すうちに、男は玄関の軒先へ追いやられていた。

おもてへ出て間合いが十分に取れると、千世は薙刀を大きく振りかざした。その構えのまま、男に問いかける。

「どこのどなたか存じませんが、こんな夜分に何用ですか」

「お……おれぁ常吉って者だ。あんたに用はねぇよ、ここに逃げ込んだ、おきぬって女に話があって来た」

「おきぬさんにどんな御用ですか、と聞いているのです。話し合いたいというわりには、ずいぶんと乱暴な訪問ではありませんか。しかも夜分に近所迷惑も甚だしい」

「なんだと？」

常吉と名乗った男が、目を吊り上げた。

まだ二十歳そこそこの、若い男だった。見ようによっては色白で線が細く、役者めいた男前かもしれない。だが身持ちが悪いのはあきらかで、目はうつろで、吐く息は酒臭い。着物も乱れ、鬢もほつれ放題だ。平太から見ても、まともな話ができる相手とも思えなかった。

「おれは、おきぬを連れ戻しに来た。それだけだ」

「なぜそんなことをするのです、あなたはふたりのお身内なのですか」

「そ、そうだよ。おきぬの亭主だよ」

「ほんとうなのですか。おきぬさんからは、あなたは亭主などではないと聞いていますが」

「あの女……」と、常吉が憎々しげに唸る。

「ふざけやがって！　おれが亭主じゃねぇだと？　そんなこと言いやがったのか」

常吉がふたたびがなり声を上げた。

ころころと態度が変わる男だと平太は思った。酒に酔っているせいだろうか、あるいは、もともとの性分なのか。おきぬのことを「あの女」と罵るさまは、明らかに相手を見下している。千世に対しても、はじめは薙刀を突きつけられ怯みはしたが、女子どもとわかって強気な態度に変わった。

なぜか胸のあたりがむかむかしてきて、平太は面白くない気持ちになった。千世も同じ思いを抱いたのだろう。男を鋭く睨む。

「とにかく今夜はいったんお引き取りを。おきぬさんは帰りたくないと言っていますから」

「うるせぇ、女なんかにとやかく言われる筋合いはねぇ。女房が帰るか帰らないか、決めるのは亭主のおれだ。あの女のことは、力尽くで連れて帰るからな」

「やれるものならやってごらんなさい！」

女房であろうとなかろうと、常吉の言い分は身勝手きわまりない。堪忍できなくなった千世がついに動いた。

常吉が突進してきたので、身をひるがえしてそれをかわし、みごとな足捌きで相手の横手へまわる。ついで薙刀を逆手に持ちかえ、柄の真ん中で常吉の背中をしたたかに叩いた。相手がよろめくと、さらに後方へまわりこむ。すると今度は石突(いしづき)で男の背中を突いた。

「やりやがったな、この女！」

前のめりに倒れ込んだ常吉は、よろめきながらも千世のほうを振り返る。怒鳴り声をあげるが、酔っているせいか、すぐに立ち上がることができない。

千世は相手の隙(すき)を見逃さなかった。

薙刀を正面に持ち直し、いっきに刀身を振り上げ、気合をこめて常吉の脳天へと振り下ろす。

「うわぁっ」

切っ先は、常吉の頭を幹竹(からたけ)割りにするすんでのところでとどまった。

それでも、頭を割られる恐怖を味わったのであろう。へたりこんだ常吉は、地べたを這いずったあと、やっとのことで立ち上がり、「おぼえてろよ」と捨て台詞を残して門の外へと逃げ出していく。

その頃になって、門前には、騒ぎを聞きつけたらしいご近所さんが数人駆けつけてきた。なかには、斜向かいのいろは長屋の家主——仁兵衛の姿もある。

こけつまろびつ逃げて行く男を見送り、さらには千世が薙刀を振りかざして追

い立てるさまを眺めていた仁兵衛は、

「また、せせらぎ庵で騒ぎかね」

と呆(あき)れ声をあげていた。

それでも平太はほっとしていた。いつもは口うるさい仁兵衛でも、いまは人の目が光っているほうがありがたかった。なんといってもせせらぎ庵は、大人の男がいない所帯だ。薙刀を使うからといっても女主人と子どもがいるだけで、いざとなれば心細い。

常吉が逃げ去ったあと、千世は、集まってきた人たちと事情を話し合っている。

平太はいったん家のなかに戻り、おゆう母子に、

「あの人、もう帰っていきましたよ」

と告げに行くと、部屋の前で、こわばった顔のおゆうが仁王立ちしている姿が見えた。おそらく部屋の奥でうずくまっている母親を守ろうとしたのだろう。

そこで平太は気づいてしまった。

おゆうの母親の顔が痣だらけだったのは、いましがたやってきた常吉に殴られたせいなのだろうと。おゆうは、母親が殴られているところを間近で見ていたの

だ。考えるだけで胸が痛むし、腹の底が熱くなるほど怒りがわいてくる。

同時に、平太は己を歯がゆく思っていた。自分はいまだ、千世も、おゆうたち母子も、守ることができない非力な子どもであることが。

「おゆうちゃん」

平太は、部屋の前に震える足で立っているおゆうに声をかける。

おゆうは涙がにじんだ目で平太を睨みつけてきた。

「常吉は？」

「帰って行った。今日はもう大丈夫だよ。あとのことも、千世先生がとりなしておいてくれるから。とりあえず今日は休もう。おれの部屋に夜具を敷いておくから、おっかさんと一緒に早く休んだほうがいい」

「……………」

おゆうは返事をしなかったが、やっと緊張がほどけたのか、その場にへたりこんだ。すこしのあいだだけぼんやりとしたままだったが、平太に促されるまま立ち上がり、母親をともなって部屋に向かった。

立ち去るおゆうの背中に、平太は声をかける。

「ゆっくり休んでね。あとそれから、明日こそ手習いに出ようね」

「……」

また、「偉そうにしている」とか「お節介」と思われるのがわかっていて、なおも、平太は言わずにはいられなかった。千世も同じことを言うと思ったし、だからこその、せせらぎ庵であるという気持ちもあった。

おゆうはやはり黙ったままだ。平太の部屋に入り、後ろ手で襖を閉める。しばらくしてから襖越しに、しずかな寝息が聞こえてきた。

迷惑な訪問者と大立ち回りがあってからひと晩が過ぎたのち。

昨晩の騒動など嘘みたいに晴れ渡った早朝、まばゆい陽の光を浴びながら、ひとりの男がせせらぎ庵を訪ねてきた。

年は三十歳ほどで、日に焼けた顔は、眉が太く彫りの深い精悍（せいかん）な顔つきの男だ。小銀杏髷（こいちょうまげ）をきりりと結い、縞の着流しに黒の巻羽織といった身なりで、ひと目で定町廻り同心とわかる。

その同心らしき男が、

「ご無沙汰しております、千世さま」

と、庭先へほころびかけた梅の花を見に来た千世に、気軽に挨拶をしてきた。

おもいがけぬ訪問者を前に千世が絶句しているさまを、水を汲みに出てきた平太も目にした。

そんな平太の前で、珍しく動揺したそぶりの千世は、あらためて訪問者と向き合った。

「あら？　あらあらあら、いやだ、あなたはもしや作次郎さん？」

「はい、もしやでなくても、伊庭作次郎です」

白い歯を見せてにやっと笑った伊庭作次郎という男は、せせらぎ庵の軒先から庭から建前までをぐるりと眺めてから、しみじみとつぶやく。

「いやぁしかし、信友さんのおっしゃるとおりだった。あの鬼千世さま……いえ、千世さまが、ほんとうにこんなところで手習い所を開いていらっしゃるとは」

「作次郎さん、今日はいったいどうして？」

「あのぉ、失礼ですがどちらさまでしょうか。信友さんというのは？」

千世を差し置いて、平太がおそるおそる話しかけてみると、作次郎はやっと我に返ったらしかった。大股で近づいてきて、平太の頭の上に手を置いてから、

「きみがここの小僧さんか」と、やはり人懐こく笑っている。

「おれは伊庭作次郎。こちらにいらっしゃる千世さまのご子息、尾谷信友さまとは剣術道場の同門で、神田一帯を見廻っている町廻り同心だ。信友さんとおれはかつて近所に住んでいて、まぁいわゆる昔馴染みというやつだな。もっとも、いまやあの人は、町奉行曲淵景漸さまの右腕。おれより十も年下で、つい近ごろまで子どもだと思っていたのに、あっというまに雲の上の人間になっちまった」

「えぇと」と、おもいがけぬ話を聞かされた平太は、千世と作次郎の顔を見比べる。

「千世先生の、息子さんの、昔馴染み？」

戸惑う平太をよそに、作次郎はなおもお喋りをやめなかった。

「そうそう。その信友さんから聞いてはいたのだ。千世さまが家を出て行って、市井で手習い所をはじめたらしいと。信友さんはもちろん反対したけど、勘定奉行であられる根岸鎮衛さまの説得もあって、しぶしぶながら認めるしかなかったとか。まったく母上にも困ったものだとぼやいていましたね。あぁそういえば昨年には、曲淵さまをも巻き込んだ大騒動を起こしたそうですな。あっはっは、それを知ったときの信友さんの、やつれ顔は面白かったなぁ」

「作次郎さん、無駄話はそこまでで」

ついに我慢できなくなった千世が、よく動く作次郎の口の前に、自らの人差し指を突き出した。瞬間、作次郎が自らの額を両手でかばう仕草をしたのは、昔に、千世からおでこ鉄砲を見舞われたことがあるからだろう。

――千世先生は、昔もいまも変わらないのだなぁ。

と、平太が思っていると、さすがに同心相手におでこ鉄砲は控えたのか、すぐに手をひっこめた千世が、改めて作次郎に問いかけた。

「こんな朝早くに昔話をしにいらしたわけではないでしょう。今日はどういったご用向きで？」

「えぇ、はい、もちろんです。今日はちょっとした見廻りでして」

額から手をはなした作次郎は、一転して声をひそめ、千世と平太ふたりだけに聞こえる声音で話し出した。先までの人懐こい表情とは一変し、いっきに精悍さを増した役人の顔つきになる。

「じつは昨晩のうちに、おたくの斜向かいにある、いろは長屋の家主から知らせを受けましてね。千世さまのせせらぎ庵があやしいから見廻ってくれというんですよ」

「うちがあやしい？　どうして？　昨晩訪ねてきた男のことですか。あれは、うちに通っている筆子の母親の夫だと名乗っている男です」

「ええ、常吉という野郎でしょう。調べはついています。博打ばかりやってつとめにも出ず、女に手を上げる見下げ果てた男ですが、そんな男でも咎人ではない。いろは長屋の家主は、常吉という男が何らかの罪を犯していて、千世さまもまたかかわっているとこじつけたいらしいが、そうでないことはわかっています」

「では、常吉のことではなく、作次郎さんはべつのことで見廻りをしていると？」

「ここだけの話ですけどね」

ひと呼吸置いてから、さらに声をひそめて、作次郎はふたたび口を開いた。

「我々町方は、近ごろ神田界隈や、この町内でたびたび起こっている空き巣騒ぎを追っています。盗人のなかに子どもがいるとの噂もあり、いろは長屋の家主が言うには、せせらぎ庵の筆子があやしいとのこと。いつも問題を起こすし、昨年も筆子のひとりが大きな事件に巻き込まれた。そういうことがあった上、昨日、常吉の騒ぎがあったのをきっかけに、いまこそ手入れをしてみてくれって進言してきましたよ」

「空き巣ですって？」

「仁兵衛さん、年始の集まりのときも、しつこくその話をしていましたね」

思い出しながら、平太もまた会話にくわわった。

およそひと月前、正月二日に行われた年会で、仁兵衛が、町内でたびたび起きる空き巣騒ぎのことで、皆に用心を促していた。

「空き巣は、どうやら子どもって噂もあるんですよ」

そう言って、仁兵衛は、せせらぎ庵の代表で出席していた平太のほうに目を向けてきたのだ。あのときの値踏みするようなまなざしはいまでも忘れられない。

平太は身震いした。

「仁兵衛さん、まだ、せせらぎ庵のことを疑っていたんだ」

「うちに通う筆子が空き巣に加わっているなんて、そんな馬鹿なことがあるものですか！」

話を聞き、おもわず千世が激昂すると、作次郎も頷いている。

「おれもそう思っていますよ。千世さまの筆子たちにかぎって、そんなことをするはずはないと。ただ、町内で空き巣がたびたび起こっていることはほんとうなんです。ですから、曲淵さまにも命じられ、こうして町内をあちこち見廻っている次第で」

曲淵景漸の名が出てきて、千世もすこしだけ語気をおさえることができた。

「そうでしたか、曲淵さまのご差配でしたか」

「はい、千世さまのせせらぎ庵のこともずいぶんと気にかけておられましたよ」

「曲淵さまはご壮健でいらっしゃいますか?」

「変わりなく。相変わらずの徹底したおつとめぶりで。信友さんも、曲淵さまをよく支えておいでです」

「信友のことはどうでもよろしい。で、その曲淵さまの見立てだと、空き巣の一味に子どもがいるのは間違いないのですか」

「主犯はもちろん大人だと思いますがね。実際に盗みに入るのは子どもらしいのです。子どもならば、忍び込まれるほうも油断するゆえでしょうか」

「子どもが利用されているということですか」

子どもが罪を犯している。悪い大人に利用されている。そのことを考えるときの千世の顔は沈痛そのものだった。

作次郎も深いため息をついた。

「まったく、ろくでもない輩がいるものです。こういうわけですから、おれもときどき、岡っ引きの吉次らとともに近所を見廻ることになります。千世さまも、何か気づいたことがあればお知らせください。主犯がお縄になれば、いろは長屋の家主も、妙な勘繰りはしなくなるでしょうから」

「わかりました」と千世は相槌を打つ。

「わたしも反省しています。空き巣の噂に怯えていたところ、昨晩の常吉の騒ぎでしたからね。仁兵衛さんも気が気ではなかったのでしょう。うちの筆子が一味だとみなされたことには、それは腹も立ちますが、いまは我慢します。まずは一日も早く空き巣を捕らえなければいけません」

「おっしゃるとおり。我らも力を尽くします。ところで」

「はい？」

「くだんの、常吉とかいう男のことは平気なのですか？　また騒ぎを起こすようなことは？」

「……ええ、そうですね」

　昨晩の騒ぎを改めて思い起こし、平太と千世は顔を見合わせた。

「常吉はいったん追い返しましたが、いまのところは、何とも。筆子の母親は常吉と縁を切りたがっている様子ですし、それを信じて見守るしかないでしょう」

「さようですか。では、空き巣のこともそうですが、常吉のことでも何か困ったことがあれば我らを頼ってください。吉次あたりに知らせてくださるのでもいいでしょう。とにかく、くれぐれもお気をつけて。では」

作次郎が辞意を告げると、千世はいったん相手を呼び止める。

「ご親切にありがとう、作次郎さん。いえ、伊庭さま」

膝の前で両手を揃え、千世は深々と頭を下げた。

戸惑う作次郎の前で、顔をふたたびあげた千世は、うっすらと笑みを浮かべている。

「あなたも、すっかり立派になりましたね」

千世が言うと、立ち去り際、作次郎は白い歯を見せてにやりと笑ってみせた。

千世に褒められたことが心底嬉しそうな笑顔だった。

いつも厳しい千世に褒められると妙に嬉しいものだ。作次郎の気持ちが、平太にもよくわかる。

そんな作次郎を見送ったあと。

空き巣のことや常吉のことはひとまず置いておくとして、急いで朝餉を取ってから、すぐにこの日の手習いがはじまった。

手習いには、おゆうも出てきていた。

ほかの筆子たちは、おゆうが、せせらぎ庵に居候をしていることを知らない。

いつも一番乗りの格之進とともに、おゆうも早く席についていたのを、たまたま早くやってきていた留助は不思議そうに眺めていたが、平太もおゆうも何も言わなかった。

いつも通りの朝がはじまり、いつも通り手習いが進んでいく。

おゆうは昨晩の疲れもあってか、筆を手に持っているときもひどく眠たそうだった。だが、千世は筆の持ち方を直したりお手本をなぞらせたり、普段と変わらず口うるさく接していた。それが却ってよかったのだろう。おゆうも手習いに集中し、ほかの子も各々の課題に没頭することができ、一日があっという間に過ぎていく。

手習いが終わり、おゆうは、ほかの筆子たちと一緒にせせらぎ庵を出て行った。長屋へ帰るとみせかけるため、しばらくどこかで道草をしてからふたたび戻って来る。

「ほかのみんなに、居候していることは知られたくないんだ」

手習い部屋を掃除していた平太は、いったん出かけて戻ってきたおゆうが、ひとりごとのようにつぶやくのを聞いていた。

箒で畳の上の塵を掃きながら、平太は何と言って返したものかと思い悩む。

結局何も言えずにいると、筆子たちが帰ったのがわかったのか、平太の部屋にひっこんでいたおきぬが姿をあらわした。

「やれやれ、やっと皆帰ったね。おゆうが、手習いの最中は絶対に出てくるなって言うからさ、あたしは退屈で退屈で仕方がなかったよ」

おきぬは、大きく欠伸をしながら言った。すると顔にできた痣が痛むのか、すこし顔をしかめてから、娘のほうへ近づいてくる。

「これでよかったんだろう？　顔に痣をつくった母親が出てきたら、ほかの子たちもびっくりするものね」

「うん……」

「で、手習いはどうだった、いまはどんなことを教えてもらっているんだい」

平太は部屋の掃き掃除をしながら、母と娘の会話を聞いていた。

おきぬの問いかけに、おゆうは面倒そうにこたえている。

「いまは漢字をすこしずつ習ってる。あたしは仮名しか読み書きできないから」

「ふぅん、漢字をねぇ」と、おきぬは肩をすくめた。

「あんたがやりたいって言ったのかい？」

「そうだよ」

「でもさ、漢字なんて覚えてどうするんだろう。あんたは女の子なんだから、お裁縫とかお料理とか、行儀見習いだけ学んで、どこかに嫁に行けばそれでいいんじゃないのかねぇ」

　むっとして頰をふくらませたおゆうが、母親を睨んでいる。

「やるのはあたしなんだから、ほうっておいてよ」

「でも、近所から洗濯なんかを請け負って、月謝を出してやってるのはあたしじゃないか」

　おきぬが言うと、おゆうは話を打ち切り、母親から顔をそむけた。ついで平太の手から箒を奪い、部屋の掃き掃除をはじめる。

　箒を手にしたとき、

「男には喜んで小遣いを渡すくせに」

と、おゆうがつぶやくのを、平太は聞いてしまった。

　母と娘のあいだにある心の隔たりを感じてしまい、平太はやるせない気持ちになった。

おゆうとおきぬ母子が、せせらぎ庵に転がり込んでから数日。

当面の気がかりは、常吉がふたたびせせらぎ庵に押しかけてくることだ。だが、薙刀をふるう千世におののいたのか、近所の目が気になったのか、いまのところ、その気配はない。

「このまま常吉が身を引いてくれたらいいけれど」と平太が思いはじめていた、ある日の晩のことだ。

「邪魔するぜ」

夕餉がすんだ頃合いを見計らって顔を見せたのが、勘定奉行の根岸鎮衛だった。

平太が出迎えると、鎮衛は寒そうに懐手(ふところで)をしながら玄関に入り、ちらと奥へ目をやった。玄関をあがり廊下を進んだところに手習い部屋があるが、さらに奥に千世の部屋があり、そこから華やいだ女どうしの話し声が聞こえてくるのだ。

「この笑い声は千世か？　珍しいな。あとは誰だ？　おもてまで声が漏れているぜ」

「すいません。すこしは声を落としてくれと頼んでいるのですが聞いてくれなくて。話し相手は、うちの居候です」

「居候といったらお前のことじゃないか？」

「いえ、じつは居候がふたり増えたんです」

「なんだと？」と、鎮衛はわけがわからず首をかしげた。

「飲んでいるのか？　千世のやつ、酒に酔ってもあんなふうに大声で笑うことは滅多にないんだがな」

「くだんの居候と千世先生が、ずいぶんと気が合ってしまったみたいで」

「ほぉう、あの千世がねぇ」

ぼやきながら鎮衛はあがりかまちをあがり、勝手知ったる千世の部屋へと進む。平太もあとにつづいた。

襖越しに、おもてまで漏れている笑い声の主は、やはりひとりは千世で間違いなさそうだ。いっぽう、もうひとりの女の声は、さらに大きく部屋の外まで響いてくる。

「ずいぶんとご機嫌だな」

鎮衛が襖を開けはなったあと。

部屋のなかで火鉢を囲んで座っていた千世が振り返った。両手にはお銚子と酒杯が握られていて、向かいに座る女も同様だ。女ふたりが手酌酒で飲んでいるのである。

したたかに酔っているらしい千世が、いつになく明るい声で言った。

「おや鉄蔵じゃありませんか。久しぶりですね」

すると、向かいの女——おきぬもつられて声をあげる。

「鉄蔵さん？　あらまぁ、渋みがあっていい男じゃないのさ。千世先生ったら、旗本の旦那さまがあったっていうのに、いまはこんないい男がいるのかい。隅に置けないねぇ」

鎮衛は、酔った女ふたりに何と返したものか悩んでいると、千世が割って入り、大きくかぶりを振った。

「変な勘繰りはよしてください。鉄蔵はね、夫とも知り合いだった昔馴染みですよ。しかも薄情者。以前はもっと頻繁に飲みに来ていたのに、いまじゃ大出世してしまい、お役目お役目ばかりで、こちらへはとんと疎遠なのですから」

「あら、女ひとり子どもひとりの所帯をほうっておくなんて、冷たいもんだねぇ。人間、偉くなっちまうとそうなるのかねぇ」

「言いたいほうだいだな」

ため息をついてから、鎮衛もまた部屋に入り、自らも火鉢の前に腰を下ろした。こうなると鎮衛も酒宴に加わる態勢だ。千世から杯をもらい受けると、いっきに酒をあおる。もとより鎮衛も酒がつよい。一杯や二杯で我を忘れることはない。いつになく真剣なおももちで、ほろ酔いの女ふたりを見定める。

「で、平太には居候がふたり増えたと聞いたが、どういうことなんだ。ひとりはこちらの……」

「きぬと申します」

「おきぬさんと、あとひとりは？」

「おきぬさんの娘のおゆうですよ。うちの筆子です。いまは平太の部屋で休んでいます」

「そうか。筆子の母親なのか」

鎮衛は、火鉢の向かいに座っているおきぬの顔を見つめた。いまはやや薄れてきているが、右目の下と右頬に痣の跡があることに気づいたのだろう。

「まぁ、千世が、ふたりをここに置いたほうがいいと思ったのなら、きっとそれが正しいのだろう。度が過ぎなければ酒盛りもいい。おれだってここでときどき酒を飲んで、日ごろの鬱憤（うっぷん）を晴らさせてもらっている。だがな、ほんとうに困ったことがあるのなら、酒でごまかすことはせず、酔いがさめたあとでいい。きちんと向き合うべきことには、向き合わないといかん」

「あはは、耳が痛いや」と、おきぬはやや声を落とした。

「けど、鉄蔵さん、いい人だなぁ」

酒杯を畳の上に置いたおきぬは、まぶしそうな目つきで鎮衛を見つめていた。

「こんなあたしでも、気遣ってくれるんだね」

「千世の客だからな」

「どうして、あたしたちが千世先生のところに居候しているのか聞かないの？」

「話したいのか？」

「鉄蔵さんも、千世先生も、みんないい人だから、聞いてほしいな」

以後は宴に鎮衛がくわわり、酒もさらに進む。

酒を飲むとおきぬは陽気になり、くだんの常吉とのことを、あからさまに語り出した。

「悪い人じゃないんですよ」

常吉に殴られた顔を撫でながら、あえて明るく、おきぬは言うのだ。

「常吉は、もともと夫がつとめていた酒屋の手代だったんです。夫を病で亡くしてからは、気遣ってときどき見舞ってくれました。そうするうちに気が合って、うちに一緒にいてもらうようになって。あたしもあの人もお酒が好きだから、よく一緒に飲むけれど、あの人はちょっと悪い酒になっちまう。それだけなんですよ。このあいだも、ちょっとしたことで口喧嘩になって、揉み合いになった。それでこの顔です。まぁ、あたしがあまり小遣いを渡せなかったから、仕方がないことなんですけどね」

　話の合間に、平太と鎮衛は幾度か顔を見合わせた。話が一段落すると、千世があえて尋ねにくいことを尋ねてみる。

「小遣いを渡しているということは、常吉さんはつとめに出ていないのですね」

「うん……うちで一緒に暮らすとなったとき、店をやめちまったみたいで」

「いまは、おきぬさんが内職をして暮らしを立てているのですか」

「おゆうも手伝ってくれますよ。あの子の手習いの月謝も出さないといけないしね。あぁ、言いたいことはわかっています。常吉のこと、このままじゃいけないって言うんですよね。あたしもそう思います。夫を亡くして、女所帯じゃ不安だから、いてもらうだけでいいと甘やかしたのがいけなかった。こんなふうに殴られるのは懲り懲りだし、もう別れたほうがいいんでしょうねぇ、きっとそうなんでしょうねぇ」

「そう思うのなら、はっきりと常吉さんに伝えなければ」

おゆうのためにも、と千世は付け加えるのを忘れなかった。

酔っぱらって目をうつろにしながらも、おきぬは深く頷いた。

「おゆうのため、か。うん、わかってます。きっとそうします。常吉には出て行ってもらいます。それで、ほとぼりが冷めたら、あたしももっと真面目にはたらきます。せめて、おゆうの手習い道具をそろえるくらい、けちけちせずに出してやりたいしね」

ひとりで喋りつづけ、やがて話し疲れたのか酔いがまわったのか、おきぬが船を漕ぎはじめた。千世と鎮衛がふたりがかりで寝かせようということになったが、そのときに、平太の部屋で寝ていたはずのおゆうがやってきた。遠慮がちに近づいてきて、どうにか母親を起こし、平太の部屋へ連れて行く。

母親を寝かしつけてきたおゆうは、いったん千世の部屋に戻ってきて頭を下げた。

「おっかさんが調子に乗ってしまって、すみません」

「気にしなくてよいのですよ。わたしたちも楽しいですから」

千世がそう言っても、「いえ」と、おゆうの顔色は晴れない。

「あの人、いつもあんな感じなんです。お酒を飲むと、楽しくなってしまって、つよくもないのにはしゃいでしまう。よけいなこともぺらぺらと喋るし。いま暮らしている長屋でも、ずっと言われているんです。おきぬさんは男を連れ込んで、酒ばかり飲んで騒いで、だらしがないって」

「以前からずっとそんな調子で？」

「おとっつぁんがいるときは、こんなことはなかったんですけど。ふたりは仲がよかったから、亡くなったのがよほど哀しかったのかもしれない」

哀しみゆえのことか。夫が身罷(みまか)ってから一年も経たぬうちに、おきぬはときどき、よその男を家に招きはじめたという。

はじめは飲み仲間として談笑して帰って行くだけだったが、やがて男が家に入り浸りはじめる。一緒に暮らすとなると、日銭も、酒を飲むための銭も、すべておきぬが出すことになるのだ。

「おっかさんが連れ込んだのは、常吉で三人目です。はじめはいい人だと思ったけど、やがてつとめていた店もやめてしまって、あんな調子で。気が向いたら一日仕事に出かけるくらいで、ほとんどは、おっかさんが面倒を見ている。それなのに、気にくわないことがあると、あんなふうにおっかさんを殴るんです」

これまでもおゆうは、母親が殴られるところを幾度も見てきたのだろう。恐怖はとっくに過ぎ去り、いまは諦め(あきら)の色がつよい。

「ねぇ、先生。これから、あたしたちはどうなっちゃうんだろう」

「おゆう……」

さすがの千世もしばし言葉につまってしまった。すこし間を置いて、あえて明るくこたえる。

「お母上も常吉さんには懲り懲り(こ・ご)だと言っていましたよ。常吉さんと切れて、もっとはたらきたいとも。常吉さんもあれから来ませんし、もうすこし落ち着いてくれば、今後のことを考える余裕ができるでしょう」

「……だと、いいんだけど」

言うと、おゆうは肩を落とした。ついで、自らも横になるといって部屋を退く。

残された平太と千世、鎮衛は、互いの顔を見合わせてからため息をついた。

「あの親子、なんとも気がかりだなぁ。常吉のことがなかったとしても根は深そうだ。まったく千世も厄介なことばかり抱え込む」

「根が深そうだからこそ、ほうっておけないんじゃないですか」

「そうだった、そうだった。お前さんの性分だった」

苦笑いをしたあと、杯に残っていたわずかな酒をあおった鎮衛は「そろそろおれも」と立ち上がって暇（いとま）を告げる。

部屋を出る間際、あらためて千世のほうを顧（かえり）みてひと言告げる。

「お節介はいいが、あの親子にあまり肩入れしすぎて、お前さんまで落ち込まないでくれよ」

「わかっていますよ。わたしは平気です」

千世が微笑でこたえると、鎮衛も頷いてから今度こそ部屋をあとにした。


「うぅ冷える」と身震いしながら玄関から出て行く鎮衛を、灯明を持った平太が門前まで見送っていく。

「根岸さま、この明かりをお持ちになってください」

「おぅすまねぇな、助かるぜ」

「今日は、どうもありがとうございました」

「うん？　おれぁ礼を言われることなんぞ何もしてねぇぜ」

鎮衛がそらとぼけるので、平太はおもわず肩をすくめた。

「いえいえ、わかっていますよ。千世先生がまた厄介事を抱え込んだって噂を聞きつけたんですよね。いつも誰かを寄越して見ていてくださる。吉次親分だったり、新七さんだったり。そして、こうしてときどきは、根岸さま自ら様子を見に来てくださるのだから」

「酔っぱらってるからよくわからねぇな」

平太の問いに、鎮衛は言葉を濁したきりはっきりとはこたえない。そんな鎮衛に灯明を手渡してから、平太はさらに問いかけた。

「いつも千世先生を気遣ってくださって、ほんとうにありがとうございます。でも、以前から気になっていたのですけど。ときどきとはいえ、お奉行さまという立場のおかたがひとりで出回るのは、身軽すぎるのではないでしょうか。周りの人は何もおっしゃらないんですか？」

「周りとは？」

「たとえばお付きの方とか、奥方さまとか、お家の誰かが。危ないからおやめくださいとは言わないのですか？」

うぅんと首を捻ってから、鎮衛はこともなげにこたえる。

「べつに言われたことはないな。勘定奉行になる前もなったあとも、こうしてひとりでふらっと出かけるのは、当たり前になっちまったからな。周りも諦めているんじゃねぇのかな。それに、己の身は己で守ることができるつもりだから」

「おきぬさんが言ったとおりです。根岸さまは、良い方です」

平太は素直に謝意を口にした。

「ありがとうございます。千世先生やおれにあまり気を遣わせないようにと、してくださっているんですよね。とくに今日みたいに厄介事を抱えているときは、来てくださると助かります。きっと千世先生もそう思っていますよ」

「よせよせ、そんなんじゃねぇやぃ。役宅じゃあまり深酒ができないから、遠慮なく飲みたくて来ているだけだよ」

「はい、そういうことにしておきます」

くすりと笑ってから平太は枝折戸の門を開けて、表通りまで鎮衛を送り出した。互いにかるく会釈をして別れを告げかけた、ちょうどそのときだ。

会釈のあと顔をあげた鎮衛が、ふいに「誰だ」と低く誰何(すいか)の声をあげた。平太もあわてて顔をあげる。目の前には、灯明に照らし出された鎮衛のけわしい表情があった。

鎮衛の表情に不審なものを感じ、その視線を追って平太も振り返った。

すると、暗がりのなかからうごめく人の気配が見えた。人影は、灯明の明かりが届かないところまで退こうとしたが、鎮衛がそれを許さない。

「平太、これを持っていろ」

「は、はい」

鎮衛は灯明を平太に手渡すと、すばやい足さばきで人影に追いすがり、逃げる相手の片腕を背後からねじりあげてしまった。

暗がりから男のものと思われる悲鳴があがった。鎮衛によって腕をねじりあげられた相手が、さらに腕を引かれて地べたに膝をつかされる。

「痛ぇ、痛ぇ、はなしやがれ！」

一連の様子を、灯明をかかげた平太は緊張しながら眺めていた。

捕り物をする鎮衛の動きは力づよく且つ手慣れていて、いましがた「己の身は己で守る」と言ったことが、ほんとうであることがよくわかった。

しかも、平太はさらに不思議なものを見た。

相手を押さえ込むときに、勢いあまって鎮衛の着物の袖もまくれあがり、逞しい二の腕までがあらわになった。暗がりではっきりとはしなかったが、そこには刺青らしきものがびっしりと刻まれていたのだ。

平太にとっては、捕り物よりも、腕の刺青を見たことのほうが衝撃だった。

「根岸さま……」

――この人は、どんな生い立ちの人なのだろう。

平太が立ちつくしていると、二の腕に刻まれた刺青のことに思い当たったのか、鎮衛はすぐに袖を元通りに戻す。

すると、その隙をついて捕らえた相手が身をよじり、鎮衛の捕縛から逃げ出した。男は振り返ることなく走り出し、夜の闇へと紛れてしまう。こうなるとさすがの鎮衛も相手を見失ってしまい、逃亡を止めることはできなかった。慌ただしい足音だけが、暗い往来にかすかに響き、やがて遠くへと消えていった。

「くそ、逃がしたか」

「すいません、何も手助けができなくて」

「いや、いいんだ。お前にもしものことがあったら、おれが千世に殺される。それはそうと、さっきの男、せせらぎ庵の前で張っていたらしいな。いったい何者だ」

「暗くてはっきり見えませんでしたけど、あの体格とか様子だと、たぶん、おきぬさんの……」

「話にあがっていた常吉とかいう野郎かな？」

「かも、しれません」

平太がこたえると、鎮衛は「むぅ」と喉の奥で唸る。

「以前、常吉が訪ねてきたとき、一度は千世が薙刀を振るって追い返したのだよな？」

「はい、そうです」

「いましがた揉み合ったとき、ふところに堅いものが触れた。匕首らしきものをしのばせていたのかもしれん」

「匕首ですか？」と、平太はぎょっとする。

「こちらに薙刀があるから、自分も刃物を持ってきたんでしょうか。仕返しに来たのか、あるいは力尽くでおきぬさんを取り返しにきたのか」

「どちらにしても、あいつは千世が考えているより、よっぽど物騒な男かもしれねぇな。明日の朝いちばんにでも、吉次親分のもとへ遣いをやっておこう。しばらくせせらぎ庵を見守ってもらうなり、したほうがいいかもしれん」

やれやれとため息をついた鎮衛は、寒さに身震いしながらつぶやいた。

「だから厄介ごとを安易に引き受けるなといつも言っているんだ。千世のやつ、いくつになっても心配ばかりかけやがる。だからほうっておけねぇんだ」

鎮衛の声音は、呆れているようでもあり、心からの気遣いも感じられた。

鎮衛が帰ったあと。

おもてで常吉らしき男が張り込んでいた話は、平太が千世に伝えたが、おきぬとおゆう母子にはあえて話さないと決めた。

千世もそれがいいだろうと言う。

「吉次親分に知らせたのなら、ひとまず安心でしょう。あとは、おきぬさんが常吉と縁を切ると決めてくれるだけですが」

平太たちの不安をよそに、以後、常吉がせせらぎ庵にあらわれることはなかった。

吉次親分の差配で、新七がおきぬが暮らす長屋を見に行ってみたが、常吉は留守にしていたという。長屋の住人に聞いてみても、ここ数日はずっと常吉を見ていないというのだ。

「常吉の野郎、千世先生に恐れをなして、とっくにどこかへ雲隠れしちまったんじゃないですかね」

千世先生に睨まれちゃ、誰だって太刀打ちができねぇや。と、新七が軽口を叩くのを、平太は聞きながら考えていた。

――ほんとうにそうなら、いいんだけど。

願いながらも、一抹の不安を拭えない。かといって平太ができることがあるわけでもなく、吉次親分と新七が引き続き見張ってくれるというので、ひとまず一件落着ということになった。


こうして、おゆうたちがせせらぎ庵に居候をはじめて十日目のこと。

おきぬが、突然言い出した。顔の痣もやっと癒えてきたころだ。

「頃合いを見て、そろそろ長屋に帰ろうかと思います」

いつかは言い出すだろうと思っていたが、千世は念のために問いただす。

「常吉さんと、きちんと話し合わないままに帰ってよいのですか?」

「一度ここに押しかけたきり、常吉はもう来ないし、長屋にもいないっていうし、どこか他所へ行っちまったんじゃないですかね。たとえ長屋に戻ってくることがあっても、今度こそうちには入れませんから。すっぱり縁を切って、あたしは心を入れ替えて真面目につとめるつもりです」

「おきぬさんが決めたのなら、わたしがとやかく言うことはないですが」

とはいえ、おきぬは、数日前の晩に常吉らしき男が、せせらぎ庵の前で張っていたことを知らない。

平太も、そのことが気になって、おゆうに「もうすこしここに居ればいい」と、言ってみた。だが、おゆうの返事はそっけなかった。

「おっかさんが帰るっていうなら仕方がないじゃない。あの人だって、いつまでもここに厄介になるのは悪いって思っている。だから無理に引き留めなくてもいいじゃない」

言うか言うまいか迷ったあげく、平太は数日前のできごとをおゆうに話してみることにした。

「まだ嫌な感じがするんだ。じつはね、いままで黙っていたんだけど、先日、根岸さまが訪ねてきたときに、妙な男がせせらぎ庵の前にいるのを見たんだ。常吉さんだとはっきりわからなかったけど、たぶんそうだよ。きみたち母子を見張っていたんだと思う」

「人違いじゃないの？　だって、常吉は長屋にずっと帰ってないんでしょう？」

「うん、そうは聞いているけど」

たしかに、気にしすぎかもしれないとは思う。暗がりで顔をはっきり見たわけではないので、人違いかもしれなかった。たとえ本人だったとしても、鎮衛に組み伏せられて、恐怖に駆られ、それきり逃げ出したことも考えられる。

——だったら、いいのだけど。

人は誰しも、悪いことなどあまり考えたくはないものだ。幾日か平穏なときがつづけばなおさらだ。

ところが、そんなふうに気が緩んだ隙をついて、あくる日に、ことが起こったのだ。

一日の手習いが終わり、筆子たちが帰途につくなか、おゆうもまた長屋に帰ったふりをして、ふたたびせせらぎ庵に戻ってくる。

平太はちょうど手習い部屋を掃除していて、千世は、格之進の家を訪ねるといって出かけて行った。ここ数日、格之進が体調を崩して休んでいたので、見舞いに行く手筈になっていたからだ。

千世が不在のなか、手習い部屋では平太とおゆうが掃除の仕上げをしており、台所では千世の代わりにおきぬが夕餉の支度をはじめている。

突然の訪問者があったのは夕暮れ前のことだ。

おもてから呼びかけがあって、まずは平太が玄関に出たのだが、気軽に出てしまったことをたちまち後悔した。開けはなった戸口に立っていたのは、数日前から行方をくらましていたはずの常吉だったのだ。

「常吉さん……」

ここ数日、長屋にも帰らずどこをほっつき歩いていたのか、常吉の着物は汚れ、髪も乱れほうだい、泣きはらした目は腫れぼったくなり、役者みたいな男前も形無しといった風情だった。

「よぅ、おきぬはいるかい？」

「えっと、それは……」

平太が返答に詰まっていると、あとを追っておゆうが玄関までやってきた。訪問者の正体を知ったおゆうもまた、あがりかまちで立ちつくす。

常吉は、おゆうの姿をみとめるなり、いきなり土間に踏み込んできた。平太が押しとどめる暇もなかった。

「な、なぁ、おゆうがここにいるってことは、おきぬもまだいるんだろう？　このあいだのことは詫びるから、この通りだ、おきぬに会わせてくれねぇか」

常吉に詰め寄られ、おゆうは後ずさりした。おゆうと常吉のあいだに身を差し入れながら、内心で、平太は歯がみしている。

――やっぱりこのあいだ表で張っていたのは常吉さんだったんだ。根岸さまが不在で、かつ、おきぬさんたちがすこし気を緩めたときを狙って、やってきたに違いない。

したたかな男だと思った。だが、いまさら悔いても仕方がない。頼りの根岸鎮衛や吉次親分、新七もおらず、しかも不運なことに鬼千世先生もいないのだ。千世が帰ってくるまでは、平太がここをなんとかするしかなかった。

「常吉さん、すみませんが、いったんお引き取り願えませんか」

「そんなこと言わねぇでさ、おきぬにおれが来たと伝えておくんな」

「帰ってよ！」

なおもしつこく迫ってくる常吉に対し、たまらず、おゆうが大声を浴びせかける。

「もう帰って。おっかさんをさんざんひどい目に遭わせておいて、いまさら何の用だっていうの？」

「すまねぇ、この通りだ」と、常吉は何度も何度も頭をさげながら訴えた。

「こないだは酔っぱらっていて、とんでもねぇことをしちまった。酒のせいなんだ。酒はもう断ったし、あんなことはもうしねぇから。だからおきぬに会わせてくれ。奥にいるんだろ？　おぉい、おきぬ。おれはお前がいないとだめなんだよう。お前に出て行かれて、やっと気づいたんだ。後生だから戻ってきてくれよ」

ついに常吉は、土間に膝をついておいおいと泣きはじめる。部屋の奥におきぬがいることを承知していて、わざと大泣きをしているかに見えた。

おゆうがあわてて常吉の言葉を遮る。

「やめて、何度おなじことを言えば気がすむの。前もそうだった。おっかさんを殴って、酒のせいだと言い訳して、酒をやめたと嘘をついて、また酒を飲んで暴れて。何度も何度もそんなことの繰り返しだ。もう、あんたの言葉なんて信じられるわけない」

おゆうの言葉は辛辣だ。それでも常吉は、むくんだ顔で泣き笑いしながら、なおも頼み込んでくる。

「へへへ、そんなこと言わねぇでさ。ひとまずおきぬをここに連れてきてくれよ。おきぬなら、話をわかってくれる」

「おっかさんだって、あんたとはもう縁を切ると言っていたよ」

「なんだと？」

縁を切る、とおゆうが告げると、それまで卑屈な笑いを浮かべていた常吉の表情が、がらりと変わった。平太とおゆうを見つめる目が据わり、笑みをひっこめた青白い顔が怒りに歪んだ。

「てめぇ、このガキめ、おれが下手に出ていい気になってやがるのか。お前じゃ話にならねぇ、あいつが縁を切るだなんて言うものか。おい、おきぬを出せ！　直にあいつに話があるんだ。かかわりないガキどもはすっこんでろ！」

常吉の怒鳴り声とともに、酒の臭いもたちのぼってくる。酒を断ったというのも嘘だ。

常吉が右の拳を振り上げかけた。だが、途中でおもいとどまったのは、奥から、おきぬが飛び出してきたからだ。

「常吉さん！」

「おきぬ」

常吉は、玄関前にあらわれたおきぬの腰にすがりつく。おきぬは、そんな常吉を抱きとめた。

「常吉さん、あたしを迎えに来てくれたのかい？」

「あぁ、そうだよ。なぁ、おれと一緒に帰ろう」

母親と常吉のやりとりを見ていたおゆうが、「おっかさん、だめだ」とふたりの間に割って入ろうとする。それを「いいんだよ」と遮ったのはおきぬ自身だ。

「あんまり責めるのはやめとくれ。この人だって悪気はないんだ」

「だって、おっかさん、常吉とは縁を切ると言ったじゃないか」

「でも」とこたえるおきぬは、娘から目をそらし、うっすらと微笑んだ。

「でも、それじゃあ、この人があんまりにもかわいそうじゃないか。わざわざ迎えに来てくれて、泣いて詫びてくれるんだ。あたしがいないとだめだって言ってくれる。女冥利につきるってものじゃない？」

「おきぬ、わかってくれたのか」

常吉は、おきぬにすがりつく手にさらに力を込めた。そして、涙ながらに、詫びの言葉を吐き出すのだ。

「許してくれ、もう二度と手は上げねぇから」「お前がいないと、おれはだめなんだよぉ」「後生だから、帰って来てくれ」

つぎからつぎへと、常吉は調子のいい言葉を垂れ流す。

周りに子どもたちの目があろうと、あたりに声が響こうと、お構いなしだ。言い寄られているほうのおきぬも、常吉につられたのか涙すら流している。

すると、平太やおゆうが恐れていたことを、おきぬは申し出た。

「平ちゃん、あたしたち、常吉と一緒に長屋に戻るよ」

平太は、かける言葉を失ってしまう。ついで、「してやられた」と愕然とした。まんまと常吉の思い通りになってしまったのではないか。ふとした隙をついて、おきぬの情の深さに付け入ってことを運んだ。一度は縁を切ろうとしていた、おきぬの心を絆してしまった。

ぞっと寒気をおぼえながらも、平太が背後をかえりみると、おゆうもまた顔色を失って立っていた。

「おゆうちゃん、おきぬさんを止めないと」

「……もういいよ。おっかさんが決めたことなんだから」

おゆうは力なくこたえた。暗い目をしていた。吐き出される言葉はどこか他人事で、「またか」という諦めも感じられ、平太の胸は痛んだ。自分たちが、まだ力のない子どもなのだと思い知らされた。母親が決めたことであれば、従うしかない。ついて行くしかない。おゆうの態度や言葉づかいに、底知れない絶望を感じてしまった。

いっぽう、常吉にすっかり絆されたおきぬは、もちろん娘の様子をうかがうでもなく、「千世先生によろしく」とひと言だけ告げると、常吉と肩を寄せ合い、さっさとせせらぎ庵の門を出て行ってしまう。そのあとを、おゆうが黙ってついていく。

常吉と何やら楽しそうに話しながら、一度も娘のことを振り返らない母親についていく、おゆうの心情はどんなだろうか。

平太は痛む胸をおさえた。このままでいいのかと自問した。

――おゆうちゃんがいいと言うのなら、口出しすべきではないかもしれない。

「でも……」

それでも、と平太は思う。

――このままで、いいはずがない。

おゆうに、すべてを諦めかけた、絶望した顔をさせたままでいいわけがなかった。

おゆうたちを見送ったあと、平太はしばらく門前をうろついていた。白い息を吐きながら、早く千世が帰ってこないかと待ちつづけた。さほど時は経っていなかったのかもしれないが、待つあいだはひどく長く感じた。しばらくして、薄暗くなった寒空のなか、坂をのぼってくる千世の姿が見えた。平太があわてて呼びかける。

「千世先生、大変です、おゆうちゃんが！」

坂をのぼってくる途中、平太の剣幕と大声に、異変を察したのか、表情をいっきに引き締めた千世が坂をかけのぼりはじめた。

いっきに坂をかけあがったときには、千世はすでに腕まくりをしている。すぐにでも襷がけをして出かけられる態勢だった。

おゆうが住まう長屋までの道のりは、焦れば焦るほど遠く感じられた。せせらぎ庵を出てから南へふたつ路地をやりすごし、人通りが少なくすこし寂しい場所に出たところで、おゆうの長屋がある路地の入口に辿り着いた。

「ここでしたね、行きましょう」

千世がまず路地裏に入りかけると、向かいから、表通りへと駆け出してくるあわただしい足音が聞こえてきた。平太が路地を覗き込む。すると、奥から、長屋に戻ったはずのおゆうが、あわてて走ってくる姿が見えた。おゆうは道端に落ちていた小石につまずいて転びそうになったが、千世が小走りに駆け寄って、その小さな体を抱きとめた。

「おゆう、どうしました？」

「千世先生、助けて！」

おゆうの悲鳴を聞いて、千世はよりいっそう表情をかたくした。いっぽう平太が目を見張ったのは、千世に助けを求めるおゆうの右頬が、真っ赤に腫れあがっていたからだ。誰にやられたのかは、すぐにわかった。

「おゆうちゃん、その顔はどうしたの？」

「あたしのことはいいから。そんなことより、お願いだよ、おっかさんを助けて！」

すると、事情を察した千世が、おゆうに問いかける。

「おゆう、しっかりなさい。長屋に行けばいいのですね？」

「うん、そうだよ。早く、お願いだから！」

頬がすっかり腫れあがっているのに、おゆうは、己の体より母親を助けてくれと叫ぶ。

「おっかさんが殺されちまう」

おゆうの両目から、涙があふれ出す。

「長屋に帰ったあと、常吉はおっかさんをひどく責めはじめたんだ。態度を改めるから許してほしいとか、やり直したいとか、せせらぎ庵で言ったことは全部が嘘だったんだよ。だから、あたしはもう我慢できなくて、おっかさんと別れてくれって頼んだ。銭を出してもいいから、ここにはもう来ないでくれって」

平太と千世が見守るなか、しゃくりあげながらも、おゆうは言い募る。

「そうしたら、よけいなことを言うなと、ガキは黙っていろと、今度はあたしが殴られた。おっかさんは、あたしを庇（かば）ってくれたんだけど……」

おゆうの右頬が腫れあがっているのは、やはり常吉がやったことなのだ。

常吉はこれまで、おきぬを殴ることはあっても、幼いおゆうにこぶしを振り上げることは一度もなかった。だが、ついに常吉はやってはならないことをやった。

途端に、おきぬのなかで堪えてきたものが弾けたのだろう。

おきぬはとっさに常吉と娘の間に入り、常吉を突き飛ばし、「あたしはいいけど、娘には手を出すな」と怒鳴り返したのだという。

従順だったはずのおきぬに歯向かわれ、常吉の凶悪さにさらに拍車がかかった。

おゆうに代わり、今度は、おきぬがめった打ちにされた。

「おっかさんが庇ってくれたのに、あたしは何もできなくて」

「おゆうちゃん……」

「常吉はおっかさんをひどく殴りつづけて。何度も、何度も、やめてくれと言っても聞いてくれなくて。あたしじゃ止められなくて、近所の長屋の人たちも来てくれなくて、どうしたらいいか、わからなくて」

とうとう、おゆうはうずくまってしまった。興奮のあまり息がきれぎれになっている。苦しそうに胸をおさえながら嗚咽(おえつ)していた。

「だから、千世先生、お願い……おっかさんを……」

話の半ばで、千世は駆け出していた。

残された平太は、うずくまったままのおゆうの背中をさすりながら、自らの平常心をたもつので精いっぱいだった。いまにも気持ちが爆発しそうで、頭に血がのぼり、目がくらみそうだ。だが、深呼吸をしてどうにか自らを落ち着かせ、おゆうを励ます。

「おゆうちゃん、大丈夫だよ。いま千世先生が行ったからね。おれらもあとを追い掛けよう。立てるかい？」

やっとのことで息をととのえたおゆうは、うなずきながら立ち上がる。

「おきぬさんを助けに行こう」

「うん、うん」

返事をするおゆうの手を取り、平太は千世が走り去ったあとを追いかけた。長屋までのほんの短い道のりを走るあいだ、平太の胸ははげしく高鳴りつづけた。おゆうも同じだったろう。

そして、平太たちが長屋の前に辿り着いたとき、部屋のなかに入っていた千世が、奥からいったん出てきて、平太を手招きしている。千世は青ざめた顔をしていて、すこし遅れてやってきた平太に、あわてて言いつけをした。

「平太、大家さんのところへ行って、すぐにご近所のお医者さまを手配してもらってきてください！」

「はい、すぐに！」

千世に言われた平太は、おゆうを戸口に座らせたあと、異変を悟って集まってきた長屋の人たちに大家の居場所を聞き、あわててそこへ走った。

おなじ長屋に住まう者たちは、おきぬの悲鳴が聞こえても、誰も助けに入らなかったのだという。

長屋に戻ってしばらくしてから、何がきっかけで喧嘩になったのか。常吉がおきぬに、「男に恥をかかせやがって」「おれから逃げられると思ったか」「おとなしくさっさと銭を出しやがれ」と、鬼のごとき剣幕(けんまく)で喚(わめ)き散らしていたが、騒ぎを聞きつけても知らぬふりだった。

というのも、おきぬがつねづね男を部屋に連れ込み、夜な夜な酒を飲んで騒いでいたので、ご近所衆は日ごろからうんざりしていたからだ。だからこの日も、おきぬと男がただ酔っぱらって騒いでいるだけだと思い込んでいたし、止めに入ろうという気も起きなかったのだろう。

だが、今回ばかりは、ただ騒いでいただけではなかった。

ついに子どもにまで手を上げ、それを庇おうとしたおきぬは蹴り飛ばされ、足腰が立たぬほどに痛めつけられ、土間で頽(くずお)れていた。着物は乱れ、袖や裾からのぞく体中のあちこちに打ち身のあとがあった。

しばらくして医者が駆けつけ、土間で倒れているおきぬの具合を診(み)はじめる。

苦しそうに呻(うめ)く母親の姿を、おゆうは玄関の戸口でぼんやりと見つめていた。

また、その姿を、やっと状況を飲み込んだ長屋の住人たちが、気まずそうに遠巻きに眺めている。

平太はおゆうのかたわらで、医者と千世のやりとりを聞いていた。

「先生、いかがですか」

千世が問いかけると、医者はやれやれと頭を振った。

「ひどいものです。何度も何度も殴られていて、体中打ち身だらけだ。これから助手が来るから、うちにいったん運びましょう。そこできちんと治療をします」

「どうかよろしくお願いします」

「しかし、いったい誰がこんなことをしたのです？」

医者に問われ、一同はやっと気づいた。おきぬを傷つけたであろう人物が、長屋から姿を消していることに。

「常吉がいない」

いったいどこへ行ったのだろうか。

平太があたりを見回してみたが、ちらほらと集まりだした野次馬(やじうま)のなかにも、常吉の姿は見えなかった。やがて医者の助手もやってきて、ふたりがかりでおきぬを抱き上げ、診療所へと運んでいった。

「おゆうちゃん」

平太は、母親が連れていかれたあとも玄関の前に立っているおゆうに声をかける。

「千世先生もお医者さまと一緒に診療所に向かったよ。おれたちも様子を見に行こう」

「……だから言わんこっちゃないんだよ」

つい先まで母親が倒れていた土間に視線を落としたまま、おゆうはつぶやいた。

「おゆうちゃん？」

「常吉は、またきっと酒に飲まれて、おっかさんを殴るって。改心するだなんて言っても口だけだって。せせらぎ庵から長屋に帰るときだって、おっかさんに言ったんだ。なのに、聞いちゃくれなかった。どうしてだろう。常吉だけじゃない。前の男のときも、その前もそうだった。どんな手ひどい仕打ちをされても、酒のせいだとか、お前がいないとだめだとか、惚れているって言われたら、すぐにその気になってしまう。はぐらかされているだけなのに、男には自分がいなけりゃだめだと思い込んでしまう。何度も何度も失敗して、痛い目を見て、どうして騙されているのがわからないんだろう」

おゆうは言ってから、はっと目を見開き、つづいて乾いた笑いをもらした。

「いや違う。おっかさんはわかっていたんだ。常吉が改心なんかしないことを。それでも思い込もうとしているんだ。自分が都合よく使われているのがわかっていて、でも、それを受け容れないと、誰も相手をしてくれないのがわかっているんだ」

「やめなよ、おゆうちゃん」

ついに聞くに堪えなくなり、平太が口を挟む。

「自分のおっかさんを、そんなふうに言うもんじゃない」

「ならば違うっていうの？　あたしが言ったことが間違ってる？　常吉みたいな男が、ほんとうにおっかさんに惚れていて、大事にしているって見えるの？」

「そうじゃないけど」

「だったら黙っていてよ！」

おゆうが両腕を伸ばし、平太の胸を突き飛ばした。おもわぬ力づよさに、平太は一歩後ずさったが、それだけでどうにか踏みとどまった。おゆうの手を摑み、相手の顔をじっと見返す。

おゆうはふたたび涙を流していた。顔をくしゃくしゃにして、歯をくいしばり、堪えながらも泣かずにはいられない様子だった。

「あんたなんか偉そうで口ばっかりのくせに、長屋の連中とおなじで助けてくれやしないくせに」

「たしかに、おれはおゆうちゃんを助けられなかったけど」

平太は、おゆうの腫れあがった右頰をじっと見つめた。

「でも、おっかさんは、おゆうちゃんを助けようとしたんじゃないの？」

「……」

「おゆうちゃんを、身をもって守ってくれたんだろう？　だったら、悪く言うのはやめなよ」

「なにさ、自分が正しいんだって顔しやがって。あんたなんか大嫌いだ」

言い募ったあと、両ひざをかかえ、そこに顔をうずめながら泣いているおゆうのそばで、平太は立ちつくした。無力さを嚙みしめていた。

せせらぎ庵で手習いをはじめてから、さまざまなできごとに遭い、出会いと別れを味わい、心を動かされ、

「いつか人を助けられる大人になりたい」

と思いはじめていた矢先だ。だが、平太はいまだ子どもであり、知恵もなく、

力もなく、勇気もなかった。なんと無力な存在だろうか。いつになったら人を助けられる大人になれるのか。

「おゆうちゃん……」

五年前に失った、おなじ名の妹のことを思い出す。

自分は、妹も救えなかった。

おゆうのことだって救えない。

詫びも励ましも言葉が出てこない。うずくまって泣きじゃくる少女を見つめながら、平太もまた涙をこぼした。それくらいしか、いまの平太にできることはなかった。

常吉の所業は、人殺しにすらなりかねないものであったから、医者からすぐさま番屋へと届けが出された。

だが番屋が動くまでもなく、逃亡していた常吉は間もなくお縄となった。界隈を仕切る吉次親分と新七が捕らえたのだ。

となり町まで逃亡していた常吉だが、以前から常吉を見張っていた新七が、居場所をつきとめた。常吉は、行きつけの飲み屋ではたらく女中のもとに転がり込んでいた。つまり常吉には、おきぬのほか、他所にも女がいたことになる。そこへ吉次親分と新七が乗り込むと、はじめは抗ったものの、新七に払い腰で組み伏せられ、あっけなく御用となる。その後、番屋を通り越して大番送りとなり、取り調べが行われ、入牢となった。

入牢については根岸鎮衛が、知人である町奉行——曲淵景漸に話を通し、また先日せせらぎ庵を訪ねてきた伊庭作次郎という同心の働きかけもあり、すみやかに事が進んだのだろう。

ひととおりの処断が行われてから、鎮衛は、平太と千世に知らせにきた。

「これから牢でもきついお取り調べが待っている。どのくらい中に入っているかは、その取り調べしだいだが、出てきたとしても、常吉は二度とおきぬに近づくことはないだろうよ」

これで騒動は一段落したということだろうか。

だからといって、傷ついたおゆうの心が癒されることはなく、大怪我をしたおきぬがすぐに快復するわけでもない。しかもこれからは、母子がどう生きていくのか、長く険しい手探りの暮らしがはじまるだろう。

常吉がお縄になったと聞いたあと、おゆうは、ひとり長屋に戻った。おきぬは医者のもとで療養しているので、ほかに誰もいない長屋にだ。

「しばらくうちにいていいのですよ」という千世の誘いも、おゆうは受けなかった。

「いいんです。うちに帰ります。長屋でおっかさんを待ちます。いつ帰ってきてもいいように」

「そうですか」

「手習いにはいままでとおなじく通いますので、よろしくお願いします」

言葉通り、おゆうは騒動があった翌日から、手習いに通いつづけた。いつもと変わらず、ほかの筆子たちとあまり交わることなく、淡々と、おゆうなりの調子で手習いをつづけている。

表向きには日常が戻ったかに見えて、さらに数日が経った頃。

おゆうのもとに、常吉が牢のなかで亡くなったという知らせが届いた。

入牢者どうしの喧嘩とも、いっぽうで牢名主への袖の下が払えなく私刑に遭ったとも、はたまた持病があって体がもたなかったとも、さまざまな噂が流れている。

いかなる経緯かははっきりとはしないし、この先ずっと闇の中だろう。

ひとまず起き上がれるくらいまで怪我から快復し、長屋に戻ってから、おきぬは常吉の訃報を知らされた。

そのとき、おきぬはなお常吉のために涙した。自分をさんざんに殴り、殺しかけた男に対してだ。

「わたしがついていながら力になれなかった。怪我さえしていなかったら、牢に差し入れをしてあげられたかもしれない。ごめん、ごめんよ」

おきぬは泣いて常吉に謝っていたという。

ある日のこと。昼餉のため皆がいったん家に帰ったあと、長屋に戻ることなくせせらぎ庵の縁側で握り飯を頬張っていたおゆうが、お茶を差し入れした平太に淡々と話して聞かせてくれた。平太は愕然とした。どうしてそうなるのかわからなかった。おきぬは、一度は常吉の手から、身を挺して娘をかばったのではなかったのか。男のことではなく、娘を第一に考えてくれたのではないのか。

おゆうはいま、どんな気持ちなのだろうか。考えるだけでも、平太の胸はしめつけられた。

おもわず平太は、

「常吉のことなんかよりも、もっと、おゆうちゃんのことも考えてほしいよ」

と、ぽろりとこぼしてしまった。

すると、それを聞いたおゆうがかすかに笑う。

「あんたが言いたいことはわかるよ」

「えっ？」

「あたしだって、いい加減にしろって思うもの」

お茶をひと口ふくんでからおゆうは微笑し、「でも、いいんだ」と、つぶやいた。

「いいよ、これで」

「どうして？　どうしてそんなふうに言えるの？」

「常吉のことはこれでおしまいだから、これでいい。あとは、あたしとおっかさんのことだ。おっかさんが、また常吉みたいな男に頼るのか、あるいは、あたしがそうさせないようにできるのか。ふたりでしっかり生きていけるのか、考えればいいんだから」

「おゆうちゃんは、そんなふうに考えるんだね。すごいね」

縁側に立ちつくしたまま、平太は感心してしまった。

平太やほかの筆子たちが思っているよりも、おゆうはよほどしっかりしているのだと感じた。これまで苦手だと思っていたおゆうのことが、すこし違って見えた。

「おっかさんのこと、見捨てられないって、離れて暮らすことなんてできないって、言っていたものね」

　おゆうは頷いた。

「だって、あたしの、たったひとりの親だから。あたしがもっとしっかりすれば、おっかさんも、いつか変わってくれるかもしれないでしょう。だからあたしは、いまがどんなに苦しくても、手習いはやめないって決めたんだ」

　そう言い残して、おゆうは湯呑を平太に返してから、手習い部屋に戻っていく。

　すこしあとに平太も引き返し、ちらほらと筆子たちが戻りはじめた部屋のなかを見渡した。

　昼餉から戻ってきたおさとが、おゆうに話しかけていた。

「おゆうちゃん、このあいだ話した、千世先生にお行儀やお作法を習う日なんだけど、考えてくれた？」

「うん、内職がないのは、明後日と、そのつぎの日なんだけど。どうかな」

「ええと、その日だったら……うん、あたしも大丈夫かな。千世先生に話してみよう」

女の子どうしで相談ごとをしていると、留助や格之進なども、すこし興味がありそうにふたりのほうを覗き見ている。やがて年下三人組がわいわいとはしゃぎながら手習い部屋に駆け込んできた。

手習い部屋はいっきに賑やかになった。

やがて千世があらわれて、午後の手習いがはじまる。

いつも通りの穏やかな時の流れを不思議に思いながらも、平太は、おゆうからしばらく目が離せない。

周りを気にしたそぶりもなく、おゆうは漢字の書き取りに没頭している。おゆうは、知恵を身につけ、生きるための力を身につけ、地に足をつけて生きていく道を探そうとしているのだと思った。

以前よりひきしまったおゆうの顔つきを見て、平太にはそう感じられた。

――負けてられない。

おゆうの姿から、目の前の文机に視線をうつした平太は、算盤(そろばん)と問答集に向かい合った。もっともっと、己の力で解くことができるもの、読むことができるもの、考えられることを、たくさん手に入れたいと思った。

こうして身につけたものが、いつか、ほかの人に還っていく。

そうなればどんなにいいかと思った。

焦らなくてもいい。無理をしなくてもいい。けれど、各々の歩みのはやさで、己の望むことを学ぶことができる。

平太は、そんなせせらぎ庵が、やはり居心地いいのだと思った。

三　あけぼの長屋

一日の手習いが終わったあと。平太はいつものごとく千世に頼まれお遣いに出たのだが、向かった先で、めずらしいふたり組に出くわした。

平太が入ろうとしていた店の前に立ち塞がっていたのは、平太もよく知る下っ引きの新七と、いまひとり、つい近ごろせせらぎ庵を訪ねてきた町廻り同心の伊庭作次郎だった。新七はいつものごとく黒ずくめ、作次郎もまた巻羽織も着流しも黒一色の、ひと目でわかる同心のいでたちだ。一見地味な恰好のはずが、ふたりとも精悍な顔つきであるし、全身から緊張をただよわせているので、表通りを行き過ぎる人たちが、「なんだなんだ」と興味津々に眺めていくのである。

もちろん平太も、ふたりのことを無視できなかった。

声をかけようとして近づくと、ふたりの話が耳に入ってきた。

「ここが、くだんの湊屋か」

作次郎の問いに、新七が神妙に頷いている。

「へい、昨日の、ちょうどいま時分のことです。湊屋は筆墨と紙を商っている店ですが、主人と番頭が相談ごとで奥に引っ込み、小僧がちょいと届け物に出かけたところ、数人の盗人に入られたらしいんで。ひとりで店番をしていた手代は、目隠しをされた上に両手を縛られ、裏でひっくり返っていました」

「店番がひとりになるのを見計らっての盗みってことだな。町内で起こった盗みは、昨年の末頃から合わせてこれで四件目だ。はじめは留守を狙った空き巣だったが、この頃じゃ白昼堂々、人の目を気にせず、手口もだんだん荒っぽくなってきやがる。これには曲淵さまも頭を痛めておいでだ」

「縛られていた手代は怪我もなく無事だったんですが、盗人について、こう言ってました。忍び込んできたのは四人。いずれも頬かむりをしていてはっきりとしないが、体つきからして、子どもか、または若者だったんじゃねぇかと」

「子どもの、盗人？」

盗み聞きをしていた平太がおもわず驚きの声をあげると、新七も作次郎もぎょっとして、平太のほうを振り返った。

「平太には聞かせたくない話だったな」

せせらぎ庵がある牛込水道町のほど近く、赤城明神へつづく赤城坂を行くと、御持筒組の組屋敷が広がりを見せる。湊屋から退いたあと町内からすこし離れ、その赤城坂沿いの茶屋に平太たちは立ち寄っていた。

茶屋の女中に団子ひと皿と茶を三人前頼んでから、町廻り同心の伊庭作次郎がため息をつくので、平太は首をかしげた。

「どうしてです？」

「平太が知れば、いずれ千世さまの耳に入る。千世さまの気を煩わせたくない」

「では、このお団子は、口止め料で？」

「有体に言えばそういうことだ」

「ふふ」

「お前は笑うがな。平太だって盗人が子どもかもしれないなんて、おなじ町内の子どもとして、あまり面白くない話だろう？　ただでさえ、せせらぎ庵の子たちは……その、なんだ」

「せせらぎ庵が悪名高くて、悪童ばかりが通っているとか、世間で噂されているからですか？」

「誰が言ってるんだ？　悪名高いとか悪童ばかりとか」

「まぁ、そういうことだ」

平太が口止め料の団子を頬張っていると、昨日から湊屋での騒動を調べつづけていた新七が、面白くなさそうに食いついてきた。

下っ引きの新七は、岡っ引きの吉次親分の手下だ。その岡っ引きは、町奉行所につとめる同心のために働く立場でもある。ゆえに、新七と作次郎もまたときどき顔を合わせる間柄だということだ。町内で起こったさまざまな騒動を、吉次親分や新七が見分し、人の話や物証を集めてまわる。それをもとに町廻り同心も捜索を進め、必要とあれば与力や町奉行、はたまた老中の采配へと申し送りされる。

今日も、新七の下見をもとに、作次郎が本調べに乗り出したところだった。そこへ、平太がたまたま通りかかったわけだ。

さらに新七は「悪名高い」と噂されるせせらぎ庵のもと筆子で、過去のこととはいえ悪童代表みたいな生い立ちなので、

「誰がせせらぎ庵を悪く言ってやがる」

と、やけに気になるらしく、平太にもう一度問いただしてきた。

こうなると平太もこたえないわけにはいかない。

「斜向かいにある、いろは長屋の仁兵衛さんという人です。正月の年会ではじめて顔を合わせたんですけど。そのときに言われました」

「仁兵衛っていえば、いろは長屋の家主のところの、入り婿か」

「年が変わった折に代が替わって、いまは仁兵衛さんが家主さんですよ。新七さんは、ひょっとして顔見知りなんですか？」

「……ちょいと昔な。ま、おれのことはいい。その仁兵衛が、せせらぎ庵の筆子が悪童ばかりだから、盗人なんじゃねぇかと吹聴しているのか」

「吹聴しているわけではありませんけど、疑ってはいるそぶりでした。せせらぎ庵のことを、あまりよくは思っていないことはたしかですね。それに町内で起こっている空き巣騒動のことをひどく気にしておられて、年会のときも、旦那さんたちを熱心に説いていました。町内のことを気遣ってのことなのでしょうが」

「ふん、あの人が言いそうなことだな」

舌打ちする新七もまた、ちょっとした顔見知りだという仁兵衛のことを、良くは思っていないらしい。

不穏（ふおん）な気配だったので、平太は話題を逸らすため、今度は作次郎に尋ねた。

「ところで、昨日の湊屋さんでの騒動も、以前に起こった空き巣騒ぎとおなじ盗人だと、伊庭さまはお考えなのでしょうか」

「おそらく、おなじだろうな」と、茶をすすりながら作次郎がこたえる。

「子どもを使った手口と、おなじ町内で起こっているということから考えると」

「そうですか……」

昨日、店の売り上げを盗まれたという湊屋は、牛込水道町にある、筆墨と紙を主に商う店だった。

事件の顛末はこうだ。

盗みが行われる直前に、店へひとりの客があらわれた。十歳くらいの男の子だったらしい。自ら、町内にある岸井塾の遣いだと名乗った。用件は、急ぎ墨と半紙を大量に届けて欲しいというものだった。

岸井塾は、町内で一番の筆子を抱える手習い所だ。湊屋にとっては得意先のひとつだし、相手もちょうど手習いに通うくらいの子どもだったから、あやしむ理由もない。

だが、遣いに言われた通り、急ぎ墨と紙を用意し、湊屋の小僧が慌てて岸井塾へ行ってみると、先方は墨や紙を頼んだ覚えはないとのこと。店にあらわれた子どもとやらも、よくよく特徴を突き合わせてみると、どうやらそこの筆子ではない。おかしいと思った小僧が店に戻った頃、ひとりで店番をしていた手代が縛られていて、番台の奥にあった売り上げがごっそりやられていたということだった。

「お遣いだと言って訪ねてきたのも、その後盗みに入った連中も、子どもだったというわけですね」

「うむ。子ども相手ならば、店の者も気が緩むだろうから、それを狙ってのことだろう。気になるのは、連中が湊屋の事情をよく知っていたことだ。当日、主人や番頭に大事な用があり、店番が少なくなるのも知っていたのだろうし、岸井塾が湊屋の得意先だってことも知っていた」

「そんなこと、子どもたちだけで考えついたり、調べたり、はたまた実際に行動できたりするものでしょうか」

「そこだよ、平太」

言うと、作次郎は、平太の頭に手を置いて撫でた。

「盗人どもは、狙いをつけた店のことをよく調べているし、下準備もよくしている。子どもだけでできるとは思えない」

「では、主犯には、べつに大人がいるってことですね」

「おれはそうじゃねぇかと踏んでいる。どこかに、盗みに入る先を選び、周到な準備をして、子どもたちに命じているやつがいるはずだ。子どもたちを使うのは、相手の気を緩めるためでもあるだろうが、もし捕縛されたらいつでも切り捨てることができるからだろう」

「ひどい話です」

「あぁ、子どもだけを矢面に立たせて、主犯は隠れて甘い汁だけを吸っていやがる。とんでもないやり方だ。このことを話したら、町奉行の曲淵景漸さまも、この件は見逃すことはできねぇと、捕り物に本腰を入れるつもりだとおっしゃっていた」

「曲淵さまがですか、それは心強いです」

「平太は、曲淵さまとも顔見知りだったか？」

「はい、昨年起こったある事件のときに、お目にかかる機がありまして」

「へぇ」と、作次郎はもの珍しそうに、平太の顔をのぞきこんでいる。

「お前、それがどんなにすごいことかわかってるのか」

「もちろん、わかっていますよ」

「ほんとうかなぁ。千世さまのところにいると、普通じゃないことが普通と思えることもあるからな。まぁ、いいか。団子のおかわりはいるか？」

「夕餉前なのでもう結構です。そんなことしなくても千世先生に告げ口はしませんけど、お向かいの仁兵衛さんが騒げば、じきに耳に入るかもしれませんよ」

「仁兵衛かぁ……」

平太と作次郎が話をしているあいだ、湯呑を両手で持ったまま考え込んでいた新七が、ふいにつぶやいた。

「盗人が筆子じゃないかって疑われたら、千世先生は悲しむし怒るよな。ことによったら薙刀振り回して、自ら捕り物に出て行っちまうかも。でもよ……せせらぎ庵にそんな悪評が立ったり、悪童ばかりが通う手習い所だと噂が立っちまうのは、もしかしたら、おれのせいかもしれねぇな」

つぶやきながら、新七は遠い目をしていた。

「おれが、あけぼの長屋の出で、昔は手がつけられねぇ悪がきだったから。仁兵衛も、おれが通っていたときのことを覚えていて、せせらぎ庵を目の敵にするのかな」

新七は十四の年まで、神田川をわたった先にある隣町、小日向町にあるあけぼの長屋というところで暮らしていた。あけぼの長屋は、町内でも忌避されがちな貧乏長屋で、貧しさに喘ぐ者、悪事に手を染めた者も多く住んでいた。新七も病がちな父親とのふたり暮らしで、やはり貧しさをかこっていたのだ。

父親は体の具合がよいときにだけ、その日雇いのつとめをすることしかできず、家にまとまった銭が入ったことはない。ならば新七が内職や棒手振りなどをして家計を支えるところなのだが、「あけぼの長屋」とかけて「悪徳長屋」と呼ばれるほど評判が悪い長屋の住人に、仕事はなかなか舞い込んでこなかった。貧しさと評判との悪循環だ。ゆえに、貧しさから逃れるためには、おなじ立場の長屋の住人たちとともに、盗み、詐欺、恐喝などをして、どうにか糊口をしのぐしかなかった。威勢がよくて弁が立ち、かつ喧嘩がべらぼうにつよい新七は、悪い仲間に重宝された。十三、四になる頃には、いっぱしに仲間の頭目格にもなっていた。

そんな息子を見かねた父親が、更生させるためにも、どうにか手習いに通わせ、奉公にも出そうと考えたが、新七はおとなしく人の言うことを聞く子どもではなかった。

手習い所では一日で匙を投げられ、奉公先でもまたすぐに追い出されてくる。わけを聞けば、手習い所でほかの筆子を強請り、手習い師匠に悪態をつき、喧嘩沙汰は日常茶飯事、奉公先では売り上げを懐に入れたという。しかも、それを隠すそぶりもない。こんな子の面倒は見ることができないと見放された。

このころには、父親の病はさらに篤くなっていて、己が生きているあいだに息子をどうにかせねばと思ったのだろう。人の伝手を頼ってせせらぎ庵を探し当て、息子を放り込んだ。

せせらぎ庵の鬼千世先生は、ほかの手習い所の師匠とは違った。問題ばかり起こす新七を、追い出そうとはしなかった。新七との言い合いも、取っ組み合いも、悪事への叱責も、すべてに手を抜かずに向き合った。指南にも昼夜なく付き合い、面倒をかけた先にはまっさきに詫びに出向き、新七が手習いに来ないときは長屋まで何日も迎えに行った。どちらが先に音を上げるかの根競べでもある。そして、根競べに勝ったのは鬼千世先生であり、とうとう新七が折れて、せせらぎ庵におとなしく通いはじめた。

新七が変わるきっかけとなったのは、千世のお節介とも言える干渉にくわえ、せせらぎ庵に通いはじめて間もなく、父親が亡くなったせいもあったかもしれない。

父親が病で身罷(みまか)ると、新七は、あけぼの長屋を出て、いっときせせらぎ庵に居候し、以後は真面目に手習いに取り組みはじめたのだ。

もともと地頭が良かった新七は、およそ一年で手習いの基礎を終え、十五で大浚を受けてみごとに合格。素行が悪かったときに世話になった吉次親分の下に入り、町のために一所懸命つとめることに決めたのだ。最後まで己(おのれ)を見離さなかった父親と、とことんまで向き合ってくれた鬼千世先生と、自分のためにきつく叱ってくれた吉次親分への恩返しでもあったかもしれない。

湊屋の前で新七と作次郎に会った、その日の晩。

お遣いに出てからずいぶん遅くに帰ってきた平太を、千世はこれといって詮索もせず、夕餉となったのだが。

向かい合って膳を囲んでいると、千世がふいに、

「出先で、誰かにご馳走になりましたね？」

と、ずばり言ってきた。

おもわず箸を取り落としてしまった平太は、あわてて畳の上に転がったものを

拾い上げてから、「どうして？」と不思議そうに千世の顔を見返した。

膳の向こうで、千世はうっすらと笑っている。

「だって、いつもはあっという間に膳を平らげるのに、今日は進んでいないです
からね」

「じつは、お遣いに行った先で、新七さんと伊庭さまにお会いしまして。話をす
るついでに、赤城坂沿いの茶屋で団子をご馳走になったのです」

「なるほど、お団子を」

平太の話に一度頷いてから、千世はいったん食事に専念する。つられて平太
も、膳に出されたものを満腹の腹にどうにか押し込んだ。すべてを平らげたあ
と、千世は美しい所作で箸を置いてから、ふたたび口を開いた。

「で、お団子は口止め料ということですか？」

「はい？」

「おおかた、わたしに知られたくないことを、三人で話し合っていたのでしょ
う。あなたがわたしに告げ口しないように、作次郎さんあたりが振る舞ってくれ
たのですか」

ふふ、と笑いをもらしながら、千世は探りを入れてくる。さすがは鬼千世先生

の慧眼だ。平太はすぐに降参した。作次郎に口止めされたことを、千世に告げなくてはならなくなった。

湊屋で盗人騒動があったこと、それを新七たちが調べていること、盗人が子どもらしいこと。これらを千世に知らせるなと作次郎に口止めされたこと。平太の話に、千世はじっと耳を傾けている。

「湊屋さんで盗みがあって、やはり、盗人は子どもらしい、と」

「はい、そこで、いろは長屋の仁兵衛さんの話にも及んだのです。あの人、町内で起こっている空き巣騒ぎは、子どもがやっているのだと訴えていたでしょう。せせらぎ庵もあやしまれていることを告げたら、伊庭さまが、湊屋さんのことは、千世先生には知らせないほうがいいとおっしゃって」

「作次郎さんは、わたしが悪い噂に怒り狂い、薙刀を振るって、ほんとうの盗人を捜しはじめると思っているのですね」

「先生の気を煩わせたくないとおっしゃっていましたよ。かたや新七さんは……」

「新七がどうかしましたか？」

「新七さんは、せせらぎ庵に悪評が立つのは、自分のせいじゃないかって気にしてました」

「……そうでしたか」

なぜ新七がそんなふうに思い悩んでいるのか。

夕餉が終わり、平太がいつも通り食後の茶を淹れてから、千世が、新七の昔話を詳しく聞かせてくれた。

ついで、千世はつけくわえる。

「昔のことは、べつに隠すことではありません。あの子は、悪い行いを悔い、まっとうな大人にならんとし、努力を重ね、いまでは立派におつとめを果たしているのですからね。そのことは誰にも否定させません。わたしの自慢の筆子です」

「はい」と平太は大きく頷いた。

「おっしゃる通りです。新七さんも、昔をなかったことにしたいわけではなく、いまがあるのは千世先生のおかげだと思っていて、だからこそ、せせらぎ庵の悪評を気にしているのでしょうから」

「悪評、ね」と、千世は肩をすくめた。

「たしかに仁兵衛さんが、わたしたちに悪い印象を持つのも、わからないではないのです。新七がうちに通いはじめたとき……あの頃は、仁兵衛さんもお婿さんに入ったばかりで、慣れない家で気を張っていたのかもしれない。そんなときに、斜向かいの、やはり開いたばかりの手習い所で、新七が近所で盗みをしたとか、喧嘩沙汰を起こしたとか、たびたびそんなことがありましたからね。緊張していた仁兵衛さんには、よけい不穏なものにうつったのでしょう。わたしも当時は自分のことで手一杯でしたから、いまさらそんなことを思い知らされるのですが、申し訳ないことをしました」

「だからって、昨年からの空き巣や盗みに、せせらぎ庵の筆子がかかわっているんじゃないかって、あんな言い方をしなくても。しかも、ご近所の旦那衆の前で話をするなんて、すこし言い過ぎじゃありませんか」

「そうですねぇ」

平太が淹れた茶をもうひと口飲んでから、千世は考え込む。

「まだ代替わりしたばかりですし、ご近所の手前、立派な旦那衆のひとりとして、認められたいという気持ちがあるのかもしれませんね。もちろん憶測です。もっと別の何かが、あの人のなかであるのかもしれませんが」

「仁兵衛さんの気持ちもわからないではないですが」

でも——と平太は、思わずにはいられない。

「せせらぎ庵のみんなが悪く言われるのは、やっぱり愉快じゃありません。千世先生の筆子たちが、そんなこと、するはずはないのに」

憤慨する平太の頭に手を置いた千世が、やさしく諭してくれる。

「仁兵衛さんを悪く言うのは、もうおやめなさい。どんな噂が立とうとも、やましいところがなければ堂々としていればいいのですよ。潔白ならば、いずれ悪い噂も晴れます。しかも、新七や吉次親分、また作次郎さんも調べてくれているんでしょう」

「町奉行の、曲淵さまも気にかけてくださっていると、伊庭さまはおっしゃっていました」

「ほらご覧なさい。曲淵さままで本腰を入れてくだされば、百人力です。きっと主犯は、あの方たちが捕まえてくれますよ。わたしたちは、いつも通り手習いに励みましょう」

それでも、平太は、新七のいつになく気落ちした様子を忘れられなかった。

仁兵衛が、せせらぎ庵の子どもたちを悪く見るのは、やはり新七のせいなのだろうか。ふたりのあいだで、千世も知らない何かがあったのではないか。仁兵衛には、まだ隠された思いがあるのではないか。

気になって仕方がない平太だった。

――どんな過去があれ、境遇であれ、せせらぎ庵に通う子たちは、みんなそれぞれ一所懸命に手習いをしているのだけどな。

仁兵衛さんも、それがわかってくれたらよいのに、と床についてからも考えつづけ、平太はあまり眠れぬ夜を過ごした。

そして、さまざまなことを考えさせられたつぎの日も、また新たな一日がはじまる。

この日、せせらぎ庵に一番乗りだったのは、御家人の子である幸田格之進だった。

手習いがはじまる前、早めにやってきて復習や予習を行うことが格之進の日課だ。近ごろ一度体調を崩したのだが、いまはやっと快復してふたたび朝早くに通いはじめている。病弱ながら、もとより明るく前向きな性分で、新しいことを覚えるのが楽しくて仕方がないといった様子だ。

朝から熱心な格之進のために、門前の掃き掃除を終えた平太は、手習い部屋に火鉢を運んできた。格之進のそばにそれを置くと、平太自身も一緒に机を並べ、書物を広げる。

格之進は算盤の問答集をいくつか解いてから、となりの平太の手元をそっと覗き込んできた。

「また本草学の本かな」

「えぇ、これは『花彙』という書物です。千世先生からお借りしました。これには植物の挿絵があるので、とてもわかりやすいんですよ」

どれどれ、と格之進も、平太が広げた書物に見入る。

『花彙』は、京都に暮らす小野蘭山という本草学者が記したものだ。これまでは本草学という言葉も、さまざまな効能のある植物をまとめた書物というのも、あまり知られてこなかった。あったとしても、多くは大陸から渡ってきた『本草綱目』の翻訳が主なもので、自分たちの身近にある鉱物や植物に適した内容となっていなかった。そこで小野蘭山は身近な森や山に分け入り、諸国を駆け巡り、より活用できる学問に底上げしてきたのだ。京都にある私塾では、たくさんの門弟も抱えているという。

「蘭山先生の書物には、体に良いとされる植物もたくさん載っています。植物の自生場所や、見分け方、煎じ方まで。こういうのを見ると興味がつきないんです」

「ほう、それは、わたしこそが読むべきものかもしれないな」

「そうだ、千世先生に聞いた話なのですが、この『花彙』を記した蘭山先生は、もともと体が弱い人であったそうですよ。でも、本草学で身につけたことを活かし、毎日の食べものを見直したり、服薬をつづけていくうちに、いまはすっかりお元気になられたとか」

「蘭山先生も、わたしのように体が弱かったと？」

格之進は目をみはる。すこし元気がないふうに見えた痩せた顔が、かすかに明るくなった。

「そうなのか。いや、じつはここ最近、ずいぶんと久しぶりに寝込むことになって、わたしなど、やはり手習いに出るべきではないのかもと弱気になっていたんだ」

「そんな……」

「でも、いまの話を聞いて、諦めるのはまだ早いと思った。皆に遅れているぶんをはやく取り戻して、ゆくゆくは本草学を学んでもいいかもしれない。自分の得た知識で体を治すことができれば、家の者に迷惑をかけたぶん恩返しができる」

「えぇ、そうですよ。きっとできますよ。そのときは、一緒に学びましょう」

「うむ」

格之進のやや青白い顔も、いまや、すっかり血色がよくなっていた。表情も明るい。

そんな格之進の表情を見ていると、町内での盗人騒ぎで塞いでいた平太の気分も軽くなった。「せせらぎ庵の筆子が、騒動にかかわっているわけがない」と改めて思えるのだ。

平太もまた気を取り直したところで、手習い部屋には、ほかの筆子たちが、ひとり、ふたりとあらわれはじめた。

「おはよう、平ちゃん、格之進さん。あれ、もう指南書を開いてるのかい。ずいぶんとやる気だねぇ」

「おはよう。留ちゃんも、いつもより早いんじゃない？」

「うん、まぁね。早めに来て、わからないところを千世先生に聞こうと思って」

格之進が己の体や家族のために手習いをつづけたいと願ういっぽう、ほかの筆子も、それぞれの思いで、それぞれの情熱で、せせらぎ庵に通ってくる。

格之進と平太のつぎにやってきた留助は、以前にもまして手習いに前向きだ。

正月すぐに起こった騒動を機に、過去の過ちを償い、よりよい大人になるための努力を重ねている。

　つづいてやってきたおさとは、あまり動かない右手をもろともせず、机の位置をきれいに並べはじめた。おさとは、すこしでも、自分ひとりでできることを増やそうとしているかに見える。おゆうは、この月に入って無遅刻無欠席だ。母親との関係も良好らしい。母親といまの関係を保つためにも、家計を支えるためにも、たくさんの知識を得ようとしている。年少組の茂一、弥太郎、亀三は、いつものごとく三人一緒になって手習い部屋に飛び込んできた。彼らもまだ幼いなりに、毎日潑剌として新しいことを学び、切磋琢磨し、互いに足りないところを補いつつ、それぞれの道を模索しているのだ。

　せせらぎ庵の筆子は、皆が一所懸命だ。

　平太も同様だ。災害に遭い、大切な人たちを失い、生きていく意味を見出せず声も失っていたところに、生き延びて、何かを為したいと思わせてくれたのが、せせらぎ庵であり、鬼千世先生だ。

　そして、いま「おれのせいで、せせらぎ庵が悪く言われている」と思い悩んでいる新七にとっても、そういう場所だったのだろう。

だからこそ、せせらぎ庵を守りたいと、平太は心から思っていた。

せせらぎ庵を守るために、自分は何ができるだろうか。

ささやかなことでもいい。いま必死になって盗みの主犯を追っている、新七や作次郎の力になれないだろうか。盗人を自らの手で捕まえることなどどだい無理だから、ほんの手助けでもいいのだ。

「せめて、仁兵衛さんの疑いだけでもはらせればよいのだけど」

仁兵衛がどうして、せせらぎ庵や筆子のことを目の敵にするのか。やはり、過去に新七と何かあったのだろうか。理由がわかれば、どうにかできるかもしれないのだが。

手習いの間中、そんなことを考えていた平太は、八つ時になって解散となったときに、千世にちくりと小言を受けてしまった。

「平太、今日は身が入っていませんでしたね」

「……あいすいません」

「人のことを気にするのもいいですが、まずは己のやるべきことをきちんと見定めることですよ。おや、その様子だと、反省はしているみたいですね。では、今日もお遣いをお願いします」

「はい、何なりと」

こうして平太は、今日も今日とて、千世からお遣いをおおせつかった。

近所にある手習い所、柏陽堂へ、届け物をしてほしいという。町内にある手習い所では、ときどき指南書の貸し借りがあるので、以前千世が借り受けていたものを、返してきてほしいというのだ。

「年会のときにお会いできたら返そうと思っていたのですが、わたしも、先方も、年会には出られませんでしたからね」

「そんなに前から借りっぱなしなのですか？」

年会のときに返す予定だったということは、年明け前には借りていたということだ。ふた月くらいは借りっぱなしだったのだろうか。書物が数冊入っていそうな重たい風呂敷包みを受け取った平太は、問いかける。

千世はわけを話した。

「あちらの先代のお師匠が、かなりのご高齢でいらして、昨年の末にちょうど代替わりをしたことは話しましたよね。以来、先方も慌ただしくしていて、なかなかお会いできずにいたのです」

「跡を継いだのは、先代の息子さんで？」

「いえ、先代は独り身でしたし、お子さんがいるという話も聞いたことがありません。跡を継いだのは門弟のおひとりだと聞いています」

千世自身、跡を継いだ人物とは一度しか会っていないという。

先代の師匠は、お城にも上がったことがある高名な学者だという触れ込みだったが、ゆえに、ずいぶんと高い月謝を取っていたとか、そもそも月謝を払えない子は取らないとか、そんな噂も聞いたことがある。先代の頃から、千世とは、さほど親しくはなかったのかもしれない。

そんなことを考えつつ、手習い部屋の掃除を急いですませてから、平太は、お遣い物を持ってせせらぎ庵を飛び出した。お遣いがすめば、夕餉までは自由な時間なので、できれば早くすませたいところなのだ。

門前へいきおいよく駆け出すと、ちょうど行く手に、おさとの後ろ姿が見えた。

平太はおさとの背中に声をかける。

「おさとちゃん、まだいたのかい？」

「あら平太さん」と、帰路につこうとしていたおさとが振り返る。

「さっきまで千世先生とすこしお話ししていたの。これからの手習いのことで相談があって」

「相談ってどういうこと？　まさか……」

平太はすこし戸惑った。もしやおさとは、せせらぎ庵をやめる算段をしていて、その時期を千世に相談していたのではないかと思ったからだ。不安そうな表情を見て取ったおさとが、あわててかぶりを振る。

「違うの、手習いをやめるとかではなくて、むしろ、もうすこし長く、お世話になろうかと悩んでいたところなのよ」

おさとの言葉を受け、平太は胸をなでおろした。表通りを北へ向かって歩きがてら、おさとの近況に耳を傾ける。

「わたし、手習いをやめてどこかへ奉公に上がるにしても、この右手だから、どうしても周りに迷惑をかけてしまうかもしれない。女中奉公なんて、忙しく立ち働いてこそでしょう。だから、力を使う仕事とか、細かい手作業とかは、無理かもしれないと思ったの」

「探せば、おさとちゃんに向いている奉公先はあると思うけど」

「ううん、平太さんたちは優しいから大目に見てくれて、わたしにできないことを快く手伝ってくれるけど、世に出たらきっと難しい」

おさとは決して自らを卑下しているわけではない。己の体のことを冷静に考えて言っているのだと、平太にはわかった。だから、あえて尋ねた。

「ならば、おさとちゃんは、自分には何が向いていると思う？」

「千世先生みたいに、何かを指南できる人になれないかな、と考えていたの」

「手習い師匠に？」

「わたし、あまり頭もよくないから、読み書き算盤を教えるのは無理かもしれないけど、たとえばお行儀とかお作法、お唄、お華、そういうことを指南できる人になれないかなと……お話ししてみたんだ。もしできるなら、千世先生にもっと長いあいだ色々なことを教わりたいって」

「そういうことだったんだ」

せせらぎ庵に長く通うことになれば、それだけ月謝もかかる。年齢も重ねていく。女の子であるおさとにとって、良いことなのかどうか。

考え込む平太の前で、おさとは照れくさそうに笑っている。

「まだ話を持ち掛けただけで、どうなるかは、わからないんだけど」

「うん。だけど、もし、おさとちゃんが本気で取り組みたいと言えば、千世先生は、きっと丁寧に教えてくれるはずだよ」

「平太さんもそう思う？」

「もちろん」

平太の言葉に、おさとも安心したらしかった。すこし晴れやかな表情になって、平太に笑いかけてくる。

「ありがとう、平太さん。もうすこし、じっくり考えてみる。おっかさんとも話し合わなきゃいけないしね」

話が終わる頃に、平太は、お遣い先である柏陽堂の近くに辿り着いた。そこでおさとと「また明日」と言い交わして別れ、角をひとつ折れて、目当ての場所を目指した。表通りから一本東に入った裏通り、角を曲がってすぐのところに『柏陽堂』と書かれた立て札がある。開け放たれた戸口の奥には、多くの筆子たちは帰宅したのか、履物は数えるほどしかない。

平太は、戸口をくぐってから、部屋の奥へ向かって声をかけた。

「ごめんください、せせらぎ庵の者です」

すこしの間を置いて、衝立(ついたて)の奥から、「待ってください」と声が返ってくる。しばし待ちぼうけを食ってから、奥からやっと現れたのは、平太よりもすこし年上――ちょうど幸田格之進と同年代に見える人物だった。女の子みたいなきれいな顔つきだが、声は低くなりたてで、ほっそりしていて、背だけがずいぶん高い。ちょうど子どもから大人になろうとしている、十三、四歳くらいの男の子だった。

その人物は、平太の姿をしげしげと眺めてから、「せせらぎ庵って？」と、すこしぶっきらぼうに問いかけてきた。平太も戸惑いながらこたえる。

「えっと、おなじ町内の手習い所です。せせらぎ庵の千世先生の代理で参りました。こちらのお師匠さまはいらっしゃいますか」

「あぁ……手習い所の……。おれ、最近ここに奉公に上がったばかりで、まだ近所の事情に詳しくなくて」

「おれもせせらぎ庵でお師匠の手伝いをはじめて、まだ一年も経ちません。ご近所どうし、これからもよろしくお願いします」

「うん、まぁよろしく。そうだ、うちの師匠に用だったっけ。でもあいにく、白水先生は留守にしてるんだ」

平太は、代替わりをした柏陽堂の師匠が、白水先生という呼び名であることをはじめて知った。千世が教えてくれなかったのは、会ったことがないので、まだ知らないのかもしれない。

　そんなことを考えつつ、平太は、手に持っていた風呂敷包みから書物を取り出して、目の前の奉公人に手渡した。

「この書物は、千世先生が先代のお師匠からお借りしていたものです。長らくお借りしたままだったので、よくよくお詫び申し上げるようにと言づかっています」

「あ、そう。先代はもう隠居して別の住まいに引っ込んでいるから、白水先生に渡しておくよ」

　相手はやはり投げやりに返事をしながら、書物を受け取る。それ以上は話すこともないので、平太は「お願いします」と一礼をしてから、すぐに辞意を告げた。

　訪問先を辞し、表通りへ出た平太は、ふぅとひと息をついた。

「やれやれ。なんだか疲れちゃったな」

　奉公人の気に当てられたか、すこし気持ちが滅入ってしまった平太は、いざ夕餉までの自由時間をどう使うか、しばし途方に暮れてしまった。すぐに帰ろうとも考えたが、近くに古書店があるのをたまたま見つけ、息抜きがてら立ち寄ってみることにした。

店に入り、棚を眺めながら、それでも平太は、先ほど立ち寄った柏陽堂のことを考えてしまう。

「白水先生には会えなかったなぁ」

代替わりしたばかりの白水先生とは、いったいどんな人物だろうかと想像をめぐらせた。

「先代のお師匠さまとも会ったことはないけど、いまの奉公人の様子を見ると、先代も、跡継ぎの白水先生も、ちょっと近寄りがたい人物かもしれないな」

実際に会ったこともないのに気が引けるが、つい後ろ向きに考えてしまう平太だ。

いくら高名な学者とはいえ、大店や裕福な武家の子たちだけを受け容れ、ほかには門戸を閉ざしていたという先代と、その先代に跡取りとして指名された新しい師匠。ついでに、その師匠に雇われている奉公人とも、あまり親しくなれそうにもなかった。

「白水先生も、先代とおなじ方針なんだろうか。かなり高い月謝を取るって話だけど。もしそのことを、いま町内を騒がせている盗人が知ったとしたら……」

はっとした平太は棚から目を逸らし、開けはなたれた戸口越しに、表通りへ目を向けた。

もしや盗人の一味が、いままさに柏陽堂を探っていやしないかと思ったのだ。

しかし、よくよく考えてみると、たとえそうだったとしても、盗人の正体など知らないのだから、いてもわからないのだが。

「とんだ早とちりだ」と、平太は苦笑する。ところが、

――あれ？

と、いったん古書の棚に目を向けかけた平太が、すぐに視線を戻したのは、店の前の表通りに、見覚えのある人物の姿を見つけたからだった。

古書店から見て反対側の路地から出てきて、表通りを歩きはじめたのは、先ほど会った柏陽堂の奉公人だった。

一日のおつとめを終えたのか、あるいはお遣いに出かけるのか、前のめりになりながら、急いで通りを歩み去っていく。

その姿を見た平太は、自分でも理由がわからないままに、古書店を飛び出して

あとを追いかけていた。奉公人をつけていけば、もしかしたら白水先生を見かけることもあるだろうか。そんなことを考えたのかもしれない。

奉公人は大股で通りを突っ切っていく。しかも人ごみのなかを、うまいことすり抜けていくので、とても追いつかなかった。平太の視界から、細くて丈高い背中がどんどん遠くなっていった。

やがて通りの先に見えてきたのは、町はずれにある石切橋だ。橋を渡って神田川を越えると、隣町の小日向町に入る。ずっと先を歩いていた奉公人の姿は、橋を渡ってからどこかの路地を曲がってしまったのか、とうとう見えなくなってしまった。

途中からずっと駆け足だった平太は、やっとのことで石切橋まで辿り着くと、追跡を諦め、しばし欄干(らんかん)に寄りかかって息を整える。

「やれやれ、なんて歩くのが速いんだろう」

慣れないことはするもんじゃない。と、反省しきりの平太は、自由時間も残り少なくなったので町内へ引き返そうと考えた。そこへ、

「平太さんじゃない、こんなところでどうしたの？」

と、横合いから聞きなれた声がした。目を向けると、橋の反対側から、おさと

が歩いてくる姿が見えた。おさとの住まいは、たしか小日向町内であったはずだ。平太と別れたあと一度帰宅して、お遣いにでも出てきたのだろうか。片手には袱紗(ふくさ)を握っていた。

「おさとちゃんじゃないか」

「さっき別れたばっかりなのに、また会ったわね。千世先生のお遣いでこっちまで来たの？」

「いや、お遣いは終わったんだけど、ちょっとね。おさとちゃんも、お遣いかい？」

「うん。おっかさんに言われて油を分けてもらいに行くの」

「油屋さんは、遠いの？」

「いえ、ここの近所にあるんだけど……」

おさとは困ったといったふうに肩をすくめ、語を次いだ。

「お店に行く途中で、あまりかかわりたくない連中に出くわしたんで、あわてて橋のほうまで逃げてきたのよ」

「かかわりたくない連中？」

「あけぼの長屋の悪童たち。うちの近所では有名なの」

あけぼの長屋――と言うおさとの口調は苦々しげだった。

新七が生まれ育ったという、あの長屋だった。

「さっき道端でばったり会ったんだ。あけぼの長屋の不良たちは、ときどき近所の子どもから小遣いを強請ったりするから、皆、見かけたらすぐに逃げるようにしているの。わたしも油のお代を持っていたから、あわてて道を逸れてこっちまで走ってきたってわけ」

「あけぼの長屋って、この近所にあるんだね」

「うん、川沿いをもう少し進んで、路地を曲がってからずっと奥まったところにあるんだけど……あっ、あいつら！」

おさとが指さした先に、平太は目を向ける。

川沿いの道に、ひょろりと背の高い人影が見えた。ちょうど路地の奥から出てきたところで、こちらに背を向けて通りを歩み去っていく。その人物は、遠目だが、柏陽堂の奉公人だとわかった。先ほどまでの様子と違うのは、ほかにふたりの子どもを引き連れているところだった。

「あれだよ。さっき買い物へ行く途中で会った人って」

「あの背の高い人かい？　あの人が、あけぼの長屋に住んでいるの？」

「うん。背が高いのは、たしか喜作とかいう名だったはず。悪童たちのまとめ役をしているって聞いたことがある」

「喜作さん、か。あけぼの長屋から柏陽堂に通っているのか」

すこし考え込んだあと、平太は、おさとにふたたび別れを告げてから、川沿いを歩き出す。背後から、おさとが慌てた様子で平太の腕をつかんできた。

「ねぇ、どこへ行くの平太さん」

「喜作って人のあとを追ってみる」

「だめだよ、危ない。行っちゃだめ」

「ちょっとあとをついていってみるだけさ。長屋には近づかないよ」

「でも……」

「おさとちゃんは、もういいから、はやくお遣いに行っておいで。おっかさんが心配するだろうから」

「平太さん、待って！」

なおも引き留めようとするおさとを制し、平太は、川沿いの通りを歩いていく三人組のあとを追いかけた。三人組は、つぎの橋がある手前で角を右手に曲がり、神田川を背に、奥まった路地を進んで行く。やがて人通りの少ない界隈になり、薄暗い路地へと入っていった。

「この先があけぼの長屋、新七さんが昔暮らしていたところか」

平太は路地の前まで小走りで近づいた。息をひそめつつ、あたりを見回してみる。表店は小さな八百屋だが、品揃えは悪く繁盛している様子には見えない。裏は剪定されていない木の枝がおおいかぶさって薄暗く、入ることをためらわせる雰囲気がある。

喜作たちを観察するため、表から路地の奥をのぞいてみる。

さきほどの三人が、路地を入ったすぐのところで何やら話し込んでいるのが見て取れた。

平太は表店の塀にへばりつき、路地裏のやり取りに耳を澄ます。まずは、喜作の低い声が聞こえてきた。

「おい、どうなっていやがる」

声の主は、端整な顔に、線の細い体、まだ大人になりきれていない風情の人物。やはり柏陽堂で会った奉公人に間違いない。この男が喜作だ。

喜作は、引き連れてきた子どもたちを、さらに怒鳴りつけた。

「お前らには五日も猶予があったろうが。それなのに、あがりはたったこれだけなのか」

「すみません、喜作さん」

子どもたちは恐れ入って頭を下げている。

喜作が手にしていたのは、子どもたちから手渡された袱紗だ。中身をもう一度確かめてから、呆れたとばかりにため息をつく。

「ちくしょう。これっぽっちじゃ話にならねぇ」

「すいません。ここ数日、銭を持っていそうなガキがなかなか見つからなくて……」

「ほんとうかよ。お前ら、真面目に見廻っていたのか。さぼっていたわけじゃねぇよな？」

「さぼるだなんて滅相もねぇです」「信じてください」と、子どもたちが怯えた様子で訴えるので、喜作は苛立たしげに「ちっ」と舌打ちをした。

「わかった、わかったから泣くんじゃねぇ。今日のところはこれでいい。つぎこそは、もっと気を入れて稼ぐんだな」

そうしねぇと、仲間たちにも示しがつかねぇぞ。と言いつつ、喜作は、袱紗から取り出した小銭の何枚かを、子どもひとりずつに握らせた。

「すこしだが取っておけ」

「いいんですか？」

「つぎの山で稼ぐにも、腹ごしらえが要るだろうが。たまにはうまいものでも食って、英気を養うんだな」

「あ、ありがとうございます！」

「さすがは喜作さんだ」

子どもたちはよほど嬉しいのか、渡されたものを大事そうに両手で押し包んでから、なかなかしまおうとしない。何度も何度も礼を言い、ときにはおべっかを使いながら、喜作に追い払われてようやく長屋へと消えていった。

その子どもたちを見送り、自らも袱紗をふところにしまった喜作は、ふたたび舌打ちしてから、路地の奥にある井戸端へ歩き出した。気を落ち着かせるためか、桶の水を杓子ですくって飲みはじめる。

喜作の様子を、平太はじっと見つめていた。

おさとの話では、喜作という人物は、あけぼの長屋の悪童たちのまとめ役だという。あけぼの長屋の子どもたちは、よく強請りをするとも。さっきの子どもたちが持っていた袱紗は、もしかしたら誰かから盗んだもので、まとめ役の喜作に上納したということなのだろうか。

そして、喜作のような人物が、なぜ、柏陽堂の奉公人などしているのか。

――なにか妙だ。

胸の鼓動が速まるのを感じながら、もうすこし様子を見守るため、さらに身を乗り出そうとしたのだが――気が急いていたのか、平太は、足元にころがっていた小石につまずいてしまった。かるく体勢を崩し、やや派手な足音を立ててしまう。

井戸端に立っていた喜作が、すぐさま杓子を口からはなし、表通りのほうを振り返った。鋭い目つきが射込まれる。

平太は後ずさりをして、あわてて踵を返した。喜作の視線を感じた瞬間、「逃げなければ」と思ったのだ。表通りへと出ると、先ほど渡ってきた石切橋を目指して川沿いを駆けて行く。あとから喜作が追いかけてきそうで、恐ろしくて恐ろしくて、息が切れ切れになっても走りつづけた。

恐怖心につき動かされ、あけぼの長屋からだいぶ離れたところでやっと足を止めたのは、通りの向こうから歩いてくる、黒ずくめの姿が見えたからだ。

「おい、平太！」

夕陽を受けて川沿いの道をやってきたのは、平太もよく見知っている人物——下っ引きの新七だった。

助かった、と思った途端、平太はおもわず新七のもとへ駆け寄っていた。だが、間近に迫ったところで、相手が、先ほどの喜作にも劣らぬ鋭い目つきでこちらを睨んでいるのがわかったので、その場ですくみあがってしまう。

「新七さん……」

「お前はいったい何をやっているんだ。さっき野暮用でせせらぎ庵に立ち寄ったら、おさとちゃんって子が、泣きそうになりながら飛び込んで来るじゃねぇか。いったいどうしたんだと聞いたら、平太があけぼの長屋に向かったと言う。平太さんがあぶないから助けに行ってくれってな。やい、いったいどういう料簡なんだ？」

「……その、あけぼの長屋に行って、すこし確かめたいことがあって」

「確かめたいことって、喜作のことか？　あいつがどんなやつか探りたかったのか？」

「はい……」

「ばかなことを」と、新七は大げさに天を仰いだ。ついで、右手を突き出してきたのは、千世伝来のおでこ鉄砲を見舞おうとしたのだろう。平太はとっさに両手で額をかばい、大きく後ずさりをした。

新七が声を荒らげる。

「こら、逃げるな。千世先生に代わってお仕置きしてやろうと思ったのに。あのな、お前、どんなに危ないことをしたかわかってるのか。喜作がどんなやつか知りたければ教えてやる。札付きの悪だよ。あいつが住んでいるあけぼの長屋も、悪党どもの巣窟だ。昔暮らしていたおれが言うんだから間違いない。お前みたいな子どもがひとり紛れ込めば、部屋に連れ込まれて、強請られるか、殴られるか、何をされたって文句も言えないところだったぞ」

「早まったことをしました」

ごめんなさい、と深々と頭を下げてから、顔を上げた平太は、新七のほうをまっすぐに見返した。ひとりで無茶をしてしまったことは、心から反省している。だが、平太にはまだ確かめたいことがあった。

「新七さんは、喜作っていう人を知っているんですね？」

「あぁ、よく知ってる。あけぼの長屋で暮らしていたとき、よく一緒につるんで悪さばかりしていたな。盗み、脅し、喧嘩、いろいろだ。おれは千世先生に出会って、あの長屋から抜け出した。喜作のやつも改心して外へつとめに出たはずだったが、どういうわけか、あけぼの長屋に戻ってしまったらしい。それはともかく、平太は、どうして喜作のことを探ろうとしたんだ」

「あの人、うちの町内にある、柏陽堂っていう手習い所で奉公をしていたんです」

平太は、喜作を柏陽堂で見たことを新七に話した。あけぼの長屋の悪童が、なぜ柏陽堂で奉公などしているのか、わけが知りたかったと正直に告げる。

「喜作が、手習い所で奉公をしていた？」

「そうなんです。千世先生のお遣いで出向いたところたまたま会って、あとで、おさとちゃんに聞いて、あけぼの長屋の喜作っていう人だとわかったんですけど。でも、近ごろ町内を騒がせている盗人騒動のこともあるから、すこし気になってしまって」

それであとをつけてみたのだという平太の話を受け、新七も考え込む。

「たしかに気になるな。昨年からの盗人騒動には子どもがかかわっているし、喜作の手下たちも子どもがほとんどだ。もしや空き巣や盗みをしていたのは、あけぼの長屋の子どもたちってことなんだろうか。わかった、このことは吉次親分や伊庭さまにも伝えておく。あの方たちが、何か手立てを考えてくださるだろう。だから平太は、二度とひとりでこんなところに来るんじゃないぞ。これ以上勝手をしたら、千世先生に破門にされるからな」

「心します」

平太は素直に詫びを入れた。

喜作のことも、あけぼの長屋の子どもたちのことも気になったが、いまは新七にまかせるしかない。町内を騒がせている盗人騒動が、一日でもはやく解決することを願わずにはいられなかった。


ところが——平太の願いとはうらはらに、数日後にふたたび騒動が起こった。

湊屋の騒動から半月も経たぬ間に、町内でふたたび空き巣があったのだ。盗みに入られたのは、牛込水道町内にある岸井塾だ。月に一度、筆子たちが手習い所に納める月謝が、ちょうど徴収日の夕刻に、すべて盗まれた。

「またもや、おなじ町内で、おなじく子どもがかかわっている盗みなのか」

この一件の噂が立ったとき、昨年からの空き巣騒動に関心のあった人々、誰しもが思ったかもしれない。だが、一点だけ、これまでの騒動と異なることがあった。

それは、盗人のひとりが、岡っ引きのお縄にかかったことだった。

岸井塾は、牛込水道町内で随一の歴史を誇る手習い所だ。地元の人たちからの信頼もあつく、町内だけではなく、よその町からもたくさんの子どもが通っている。指南の方策や師匠たちの質も高いとの評判もあり、柏陽堂ほどではないものの、やや高めの月謝を取っていた。通っている筆子の人数も多いので、月謝の徴収日には、それなりの額が集まることになる。

その岸井塾で盗みが起こったのは、月謝を徴収する月末の夕刻だった。筆子たちが月謝を納め、八つ時には手習いを終え、帰宅したあと。岸井塾の師匠のひとりに言伝があると言って、別の手習い所の奉公人があらわれた。

ところが、奉公人が訪ねたとき、ちょうど目当ての師匠が忙しかったため、筆子が帰ったあとの手習い部屋で待たせてもらうことになった。そこで――奉公人は、筆子から集めたばかりで、いまだしかるべき場所にしまわれていなかった月謝を持ち去ろうとしたのだ。

その奉公人は、以前から何度か訪ねるうちに岸井塾の人間に取り入り、信頼を得たうえで、毎月の実入りや、月謝の徴収日、金を置いておく場所などを言葉たくみに聞き出していたのだろう。

月謝をふところに入れた奉公人は、岸井塾の人間の目を盗み、そのまま逃走をはかった。ところが、そこへ以前から目を光らせていた岡っ引きの吉次親分をはじめ、捕り方が押し寄せた。

奉公人は、その場で御用となったのだ。

吉次親分は、騒動を聞いて駆けつけてきた町廻り同心、伊庭作次郎に告げる。

「以前から、盗人がしのびこむのは、手習い所に出入りのある商店ばかりだと気になっていたんです。そこへ、せせらぎ庵の平太から、柏陽堂という手習い所に、あけぼの長屋の人間がいるという知らせが入った。あけぼの長屋の連中は、名のしれた悪党どもだ。もしや手習い所に入り込んだ悪党が、奉公するふりをしつつ、近所の事情を探り、盗みに入る先を決めていたんじゃねぇか。ならば、つぎに狙われるのも、手習い所か、手習い所にかかわる店なんじゃねぇか。そう踏んで、盗みに入られそうな場所を張っていたわけでして」

「よくやってくれた」と吉次親分を労ってから、作次郎は、盗人を組み敷いている新七のもとへ歩み寄った。

「おう新七、盗人は身許を名乗ったか」

「いいえ」

新七は、盗人を後ろ手に縛り、さらに体の正面を床につよく押しつけている。手を縛った縄の端を新七がきつく引き上げているので、相手は身動きもできない様子だった。

床に押しつけられた盗人の口から、くぐもった呻き声が聞こえてくる。

その様子をしげしげと見下ろしながら、作次郎はため息をついた。

「なんてこった、やはり盗人は子どもか」

そうなのだ。新七に組み敷かれている人物は、後ろ姿だけを見ると、子どもともいえる体つきだった。背丈はあるが、体の線がひどく華奢(きゃしゃ)で薄っぺらい。せいぜい十三、四歳くらいにしか見えなかった。子どもが盗人だということは、昨年から起こっている空き巣や盗みとおなじ手口だ。

作次郎は床に片膝をつき、新七に取り押さえられている人物を詰問した。

「おい、お前の名は？　昨年からの空き巣騒ぎにもかかわっているのか。誰かに命じられてのことか」

「伊庭さま、おれは、こいつの名を知っています」

新七が、作次郎に注進する。

すると盗人が、自分の体を組み敷いている力にどうにか抗い、顔をもたげ、新七たちのほうをゆっくりと見上げた。その顔は、役者見習いみたいな端整さだったが、表情は怒りに歪み、両眼は血走っている。

「てめぇ、新七、よくも」

盗人の声は、顔つきや体格とはうらはらに低く、見た目よりも、やや年嵩であることを思わせる。盗人は、新七を睨みながら呪詛の声をあげた。

「新七、捕り方の手先なんぞになっただけじゃなく、おれを売ろうってのか。恥を知りやがれ、裏切者が」

「恥を知るのはお前だよ、一度は足を洗ったはずなのに、またこんな罪を重ねやがって。いままでの盗みも、お前と手下の子どもたちがやっていたことなのか。だが、子どもだけで考えつくことじゃあるまい。誰に指図され、どんなことを命じられたか知らないが、お前たちは使い捨ての駒にされているんだぞ。まんまと利用されているんだぞ」

「うるせぇ！　ひとりだけ抜けがけした裏切者に説教されるいわれはねぇや」

「新七、こいつの名は？」

言い合いをする新七と盗人との間に、作次郎が割って入る。

新七は、盗人の頭をふたたび床に押さえつけながらこたえた。

「こいつは、あけぼの長屋の喜作って野郎です。おれの昔馴染みだ。すこし幼く見えるが、たしか十五になるはず」

喜作の細い体を押さえつづけながら、新七は苦々しく顔を歪めた。

「岸井塾に忍び込んだ盗人は、昔、せせらぎ庵に通っていた筆子と顔見知りだったそうですな」

岸井塾での盗みが行われた日の夕刻のことだ。

年会のときとおなじくご近所の旦那衆が、いろは長屋の仁兵衛宅に集められた。

盗人騒動を聞きつけた仁兵衛が、皆にふれまわり、急いで会合を開くことにしたのだ。話は、町内を騒がせていた盗人のひとりがついに捕まったことと、盗人の正体について。くわえて、これからの対処について話し合うためだ。

会合には、年会のときには欠席した千世も顔を出している。もうひとり、せせらぎ庵のもと筆子で下っ引きでもある新七が、千世のうしろで正座をしてかしこまっていた。

顔を出していなかったのは、柏陽堂の師匠、白水先生だけだ。旦那のひとりが柏陽堂まで迎えに行ってみたが、風邪をこじらせて列席できないと断られてしまったという。

白水先生のみを欠いた場で、旦那衆を前に、仁兵衛は声高に話をはじめた。

「皆さん、昨年からつづいていた空き巣や盗人騒動には、噂通り、やはり子どもがかかわっておりました。岸井塾に盗みに入ったのも、先ほども申し上げましたが、ここにいる新七の昔馴染みで喜作という、十五になる者だそうです」

仁兵衛は、千世の後ろにいる新七を指さしながら言った。

「そして喜作は、小日向町のあけぼの長屋の店子とのことだ。ということは、もともとあけぼの長屋に住んでいた新七も、この盗みにかかわっているのではないか。せせらぎ庵も何か知っていたのではないかと、わたしは疑っております」

「ふむ、あけぼの長屋、か」

旦那衆も、喜作が暮らしている長屋の名を聞いて、おもわず唸ってしまった。

となり町とはいえ、悪徳長屋とも呼ばれる貧乏長屋の噂は、すくなからず聞いたことがあるからだ。

ひとりの旦那の目が、新七に注がれた。

「で、新七さんは、仁兵衛さんがおっしゃることを認めるのかな」

「いえ」と、すかさずこたえたのは、新七の代わりに進み出た千世だった。

「この子は五年前にあけぼの長屋を出ており、以後行き来はなく、縁者も残しておりません。せせらぎ庵に通っているときも、我が家に居候しておりました。いまは吉次親分のもとにご厄介になり、昔の馴染みとはいっさいかかわりはございません」

千世は背筋が伸びた毅然(きぜん)としたたたずまいで、旦那衆をひととおり見回している。疑いをかけられつつも堂々としていて、いつもと変わらぬ千世の態度に、皆の緊張がすこしだけやわらいだ。

「なるほど、五年も前に出たきりなのか」

「では、今回の騒動に、せせらぎ庵がかかわっていたというよりは、もと筆子の昔馴染みが、たまたま盗人の一味だった、というだけじゃないのかい」

「しかも新七さんは、吉次親分の手下なんだろう。あの人のもとで、悪事に手を貸せるとも思えないがね」

「甘いですよ、皆さん！」

場の雰囲気が新七擁護に傾きかけたので、仁兵衛はあわてて食い下がる。

「せせらぎ庵に、盗人の昔馴染みが通っていたってことが、問題じゃありませんか。そんな輩がひとりでも出入りすれば、町の雰囲気は悪くなる。旦那方だって安心して暮らすことができない。だって、いつ知りあいを頼って、あけぼの長屋の連中が押しかけてくるか、知れたものじゃないでしょう。もしそんなことになったら、せせらぎ庵ではどう折り合いをつけるつもりですか。どうなんですか、千世先生」

問われた千世本人ではなく、うしろに座していた新七が腰を浮かせ、おもわず声を荒らげた。

「いい加減にしてくれよ！　喜作たちのことは、千世先生やせせらぎ庵とはまったくかかわりないこった。おれが昔暮らしていたあけぼの長屋の連中が、せせらぎ庵のまったくあずかり知らぬところで、盗みをはたらいたってだけじゃねぇか。おれだって、そいつらとは五年も会っていねぇし、あけぼの長屋に戻ったことだって一度もない。盗みにかかわりようもない」

それにな、と新七はつけくわえた。

「喜作だって、やりたくて盗みをはたらいていたわけじゃねぇはずだ。ほかの子どもたちもおなじ。あいつらに命じている誰かがいる。いつでも切り捨てられる子どもに盗みをさせて、隠れたところで甘い汁を吸っている主犯がいるはずなんだ。せせらぎ庵や千世先生こそ、とんだ迷惑をこうむっているんだよ」

「ならば、その主犯とやらはどこにいる、いったいどこの誰なんだ。下っ引きだというのなら、いますぐ捕まえてきてくれないか」

「それは……これから、おれや吉次親分が調べるところで」

新七のこたえを受けて、仁兵衛は「話にならんよ」とかぶりを振る。

「盗みを子どもに命じた主犯がいるとしてだ。わたしたちの前に、そいつを連れてきてもらわないことには、お前の話なんて信じられるわけがない」

「どうしてだ」と、新七は仁兵衛を睨みつけた。だが、普段は弱腰にも見える仁兵衛も、ここは引き下がらなかった。

「新七、お前があけぼの長屋の出で、もと悪童で、疑わしいからに決まっている。お前は、せせらぎ庵に通いはじめたばかりの頃、この界隈で盗みをはたらいていたじゃないか。わたしは忘れちゃいないよ。四、五年前か。うちの店子の家にときどき忍び込んでは、小銭やら食い物やらを盗んでいたよな」

五年前、せせらぎ庵に通いはじめたばかりの頃。新七はいまだ、あけぼの長屋にいた頃の癖が抜けない悪童だった。そのときの話を持ち出され、新七は反論ができなかった。

「昔は、どうかしていたんだ……」

「あの頃、わたしはここに婿に来たばかりだった。だがよく覚えているぞ。先代のところには、店子からときどき訴えが届いていた。店子の部屋のいくつかに忍び込まれた跡があるから、長屋周辺を見廻ってほしいと。だから、わたしや女房が交代で見廻りをしていた。ある日、長屋のまわりをうろついていたお前を、はじめにあやしんだのはうちの女房だった。お前が店子の部屋に忍び込もうとしたので、あわてて声をかけたんだ。そうしたら、お前は女房を突き飛ばして逃げた。あいつは地面に倒れて、体をつよく打ち、数日のあいだ寝込んだ」

仁兵衛の言葉はつぎつぎとあふれ出す。代替わりをしたばかりで、すこし頼りなかった風情は、いつのまにか吹き飛んでいた。仁兵衛は仁兵衛なりに、己の正義を貫こうとしているかに見える。

そして——仁兵衛がなぜせせらぎ庵を目の敵にしていたのか。そのわけが、隠された思いが、あきらかになっていく。

「昔はどうかしていただと？　昔の話だから、子どもの頃の過ちだから、許せというのか？　いいや、おれは許さない。お前が突き飛ばしたおかげで、女房は骨を折ったんだぞ。しばらく歩けなくなって、当時とても熱を入れていた踊りの稽古を諦めた。以来、二度と稽古には行かなくなったし、家にこもりがちになってしまった。うちの女房を傷つけて、わたしら家族の気持ちまで踏みにじったことは、決して忘れない。お前はいまや下っ引きだと威張っているが、吉次親分という顔役を隠れ蓑に、いまだ町内で悪さをしているんじゃないのか。今日捕まえた盗人ともかかわっているんじゃないのか。あけぼの長屋の仲間を使って、盗みを繰り返していたんじゃないのか。せせらぎ庵は、それを知っていて新七をかばってるんじゃないのかね。わたしは、その疑いがどうしても拭えないんだ！」

いっきにまくしたててから仁兵衛が言葉を切る。

新七はうなだれ、場も静まり返っていた。

千世だけが、仁兵衛の目をまっすぐに見返し、言葉を返す。

「仁兵衛さん」

「何だい、言いわけでもあるのかい」

「新七の昔の過ちは、すべてわたしの指南の行き届かなさゆえ、申し開きようもございません。わたしも、新七も、以後も町のために尽力し、できるかぎりの償いをつづけるつもりです。ですが、それでも誓って新七は、このたびの空き巣や盗人騒動とは、かかわりはございません」

「だから、かかわりないと言うのなら証を見せろと言っている。主犯を引きずり出してこいと言っているんだ。それができない限りは、千世先生、あなたも同罪だ」

仁兵衛が矛先を千世にも向ける。

すると、うなだれていた新七も黙ってはいられない。顔をもたげて声を上げた。

「仁兵衛さん、あなたの言うことはわかる。おれが昔やったことは取り返しがつかないってことも。下っ引きをやめろというのならやめてやらぁ。だけどな、たとえおれが過去にどんな過ちを犯したとしても、万が一、いまも盗人と付き合いがあったとしても、せせらぎ庵や千世先生には罪はないだろう。千世先生を悪く言わねぇでくれ」

「では、お前が盗みにかかわっていると認めるのか」

「そうじゃねぇったら。さっきから、人の揚げ足を取りやがってこの野郎」

「おやめなさい、新七」

おもわず新七が腰をあげかけたのを見て、千世が制した。

ここで新七が怒りにまかせて手を上げれば、それこそ仁兵衛の思うつぼだとわかっていたからだ。

「旦那さまがたに、無礼な口をきくものではありませんよ」

「でも先生、仁兵衛さんは、先生やせせらぎ庵まで悪者にしようと……」

「おやめなさいと言っています」

新七を黙らせたあと、集まった旦那衆相手に、千世は凜とした所作で一礼をしてから、言葉をつづけた。

「お集まりの皆様、このたびは、わたしどものせいでお騒がせをしております。この場を借りてお詫び申し上げます。この新七はたしかに、もともとうちで預かっていた筆子です。あけぼの長屋の出であることも、昔は、愚かにも盗みや喧嘩沙汰を起こしたのも事実。ですが、いま町内を騒がせている盗人たちとは、かかわりないと重ねて申し上げておきたく存じます。わたしは、わたしのすべてをかけて、新七を信じております」

「千世先生……」

「とはいえ、わたしの言い分は、わたしの勝手というもの。盗みに入った子どもたちを使い、盗みを繰り返していた主犯が捕まり、ことがはっきりとするまでは、皆様もさぞ気がかりでございましょう。新七やわたしをお疑いなのも、もっともなことです。ですから、せせらぎ庵も、ひととおりのことが解決するまでは、しばらく手習いを休みたいと考えております」

千世の話を受けて、集まった旦那衆は顔を見合わせたり、ささやき声を交わしたりしている。「千世先生がそこまで言うのなら」とか「休むということは、やっぱりやましいことがあるんじゃないか」など、意見はさまざまだ。

だが、千世は怯むことなくこたえる。

「手習いをいったん休みにするのは、きっと近いうちにことが解決し、新七の疑いがはれ、町に平穏が戻ってくると思うからです。わたしは、新七が無実だとわかっていますし、それを皆様にも信じていただけるものと確信していますし、ゆえに手習いだってすぐに再開できるはず。だからこそ、申し上げられることです」

鬼千世先生の毅然としたたたずまい、言葉のつよさには、集まっている誰しもが圧倒された。千世や新七を追い詰めていたはずの仁兵衛も言葉につまり、旦那衆は納得したふうに頷いている。

町内を騒がせている盗みの主犯が捕まるまでは、せせらぎ庵は休みとする。代わりに、新七やせせらぎ庵に通っている筆子たちを、これ以上は疑わないこと。すべてが解決したあかつきには、せせらぎ庵の筆子たちは、もとどおりに通うのを許されること。

それらを約束させ、会合はお開きとなった。


半刻にもおよぶ会合が終わるまで、平太はせせらぎ庵の門前で待っていた。岸井塾で盗みが起こり、同心の伊庭作次郎が喜作を引き連れて行ったあと、さっそく仁兵衛に呼び出された千世と新七を見送ったのだが、その後も気が気ではなく、とても部屋のなかでじっとしていられる心地ではなかったのだ。

斜向かいの仁兵衛の家から、近所の旦那衆が出てきて、それぞれの方向へ帰っていく。最後に、千世と新七が出てきたところで、平太はあわてて駆け寄った。

「千世先生、新七さん！」

千世はいつも通りの表情だったが、かたわらの新七は憔悴しきっていた。

会合での様子をひととおり聞いたあと、平太は悔しさのあまり叫んでしまう。

「あんまりです！　どうして、せせらぎ庵をお休みにしなければいけないんですか。なんで新七さんが責められなくちゃいけないんですか。得心がいきません、おれ、仁兵衛さんに掛け合ってきます」

「おやめなさい。ご近所迷惑ですから、ひとまずなかに入りますよ」

「でも、千世先生」

平太は涙声で訴えてから、千世の腕を引っ張った。すると、千世のかたわらにいた新七が力ない声をかけてくる。

「平太、お前たちにも迷惑をかけちまってすまねぇな」

詫びを入れる新七の前で、平太ははげしく頭をふった。

「新七さんは悪くない。仁兵衛さんの逆恨みじゃないですか。いまさら新七さんの昔のことを蒸し返して、今回の騒ぎに無理やりこじつけてるだけだ。岸井塾に盗みに入った喜作とかいう人と、新七さんはたしかに幼馴染みだったかもしれない。だけど、いまは足を洗って、立派に下っ引きのつとめをしているじゃないですか。ましてや、新七さんをそんなふうに育てた千世先生を、そしてせせらぎ庵の子たちまで、盗人の一味扱いするだなんて許せません！」

「いいんだよ、すべておれのせいなんだ」

「どうしたんですか、いつもの新七さんらしくない」

「うるせぇ、もう、おれなんかどうなったっていいんだって！」

現筆子と元筆子が、人々が行き交う往来で、あわや取っ組み合いになりそうになったとき。

千世は、かるく咳ばらいをしてから、ふたりを横一列に並ばせた。

「平太、新七、こんな往来で騒ぐのは……」

おもむろに千世は右手を上げ、人差し指を筆子たちのほうへ突き付ける。

「おやめなさいと、言っているでしょう！」

二度、たてつづけだった。千世渾身のおでこ鉄砲は、まずは新七の額に炸裂し、つづいて平太の額に見舞われた。

平太と新七は、「ひっ」「いてぇっ」などと自らの額を両手でおさえて悲鳴を上げる。千世は、そんなふたりの首根っこを摑み、せせらぎ庵の玄関へと引きずり入れた。千世は、玄関の戸締りをしたあと、あらためて筆子たちに説教をはじめる。

「まったくもう、あなたたちときたら。わたしを差し置いて、先に辛抱がきかなくなるのですから。気勢を削がれてしまいましたよ」

「え？」と平太も新七も、千世が何に怒っているのか、すぐにわからずに呆気に取られた。

千世は、なおも小言をつづける。

「新七、会合の場であなたが言ったことは、すべてわたしが仁兵衛さんに言ってやろうと思っていたのですよ。なのに、あなたが先に怒り出してしまったから、わたしは諫めるほうに回らなければならなくなった。平太も平太です。仁兵衛さんに掛け合いに行くですって？　いいえ、わたしが自ら行ってやります。あれだけ筆子たちのことを悪く言われて、おとなしく引っ込むわたしではありません。かならず盗みの主犯を捕まえて、これで文句あるまいと、仁兵衛さんや旦那衆の前に突き出してやりますとも」

息巻く鬼千世先生を前に、平太と新七は顔を見合わせた。しばらくそのままでいると、お互いに我慢できなくなり、おもわず噴き出してしまう。

「なぁんだ、千世先生も悔しかったんじゃないですか」

「会合では涼しい顔しちゃって、腹の底は煮えくりかえってたわけだ」

ふたりが笑いころげるなか、千世は「当たり前ですよ」と眉を吊り上げる。

「あまりに腹が立ったので、会合の場が仁兵衛さんの家でどんなによかったと思ったことか。うちだったら、薙刀を持ち出して斬りかかりに行くところでした」

千世が言うと、平太たちはいま一度ひとしきり笑いころげる。ようやく笑いをおさめたあと、新七は居住まいをただし、千世に向かって深く頭を下げた。

「千世先生、おれなんかのために、怒ってくれてありがとうございます」

「なんか、ではありませんよ」と、千世はすこし表情をやわらげた。

「新七も平太も、ほかの筆子たちも、わたしが心から信じる、大事な筆子です。こんな卑劣な盗みにかかわるはずはない。あなたたちのためにも、せせらぎ庵をつづけていくためにも、この騒ぎはどうにかおさめなければいけません。仁兵衛さんや旦那さんがたを前に大見得（おおみえ）を切ってしまったからには、かならず盗人の主犯を捕らえなければ」

では、どうするか。主犯とやらを、どうやって見つけ出し、捕らえるのか。

さすがの千世にも、いますぐに手立てが思いつくわけでもなく、千世と平太と新七、三人ともが、薄暗い玄関でしばし押し黙ってしまったところ。

「ごめんください、千世さま、そこにいらっしゃいますか」

表から声がかかり、三人はおもわず飛び上がりそうになった。

声は女性のものだった。「どなたですか」と問いただしたあと、返事を待つまでもなく千世があわてて戸を開けた。すると、開け放たれた戸の向こうから、まばゆい夕陽が差し込んできて、薄暗い玄関を照らし出す。

「突然、お邪魔いたします」

「あなたは……」

夕陽を背にした来訪者の顔を、千世はじっと見つめた。

三十をいくつか過ぎたくらいの、小柄でふっくらとした、かわいらしい女性だ。女はひとりではない。もうひとり男を連れている。男のほうは逃げ出したそうに身をよじっていたが、女に袖を引っ張られて、その場にとどまっていた。

男の正体はすぐにわかった。先ほどまで会合で顔を突き合わせていた仁兵衛である。

「仁兵衛さん？　それに、およねさんではありませんか」

「ご無沙汰しております。千世先生」

およねとは、仁兵衛の妻だ。おとなしい性分で家にこもりがちだが、千世とはご近所どうしということもあり、ときどきお茶などを一緒にすることもある。

とはいえ千世も、およねと会うのは数か月ぶりだ。

夫を引き連れたおよねが何をしに訪れたのか。千世は、戸惑いながら問いかけた。

「およねさん、仁兵衛さんまで連れてどうなさったんです?」

「千世さまにお詫びをしなければと思って」

言うなり、およねは、千世たちに向かって深々と頭を下げた。千世は、ますます事情がわからず首をかしげてしまう。

頭を下げたまま、およねはわけを話し出した。

「先ほどの会合、じつはわたし、隣の部屋からこっそり聞いておりました。いつもならば、旦那さまがたのお集まりに首を突っ込むことなど決してしないのですが、主人が急に会合を開くと言いはじめたのと、千世先生もいらしたこと、くわえて新七さんの様子がとても気になってしまって」

「おれの?」と、新七が戸惑いぎみに聞き返した。

新七とおよねは、顔見知りだった。仁兵衛が昔語りした通り、昔、新七が荒れた暮らしをしていたときに、新七がおよねを傷つけたことはほんとうだ。そのときから、新七はおよねの怪我が治るまで何度も詫びに出向いている。

だが、ふたりの仲が悪いかというと、意外にもそうではなさそうだ。およねは己に怪我をさせた相手を、気がかりそうに見つめていた。

「新七さんが、とても落ち込んでいるふうに見えました。主人が何かを言ったんじゃないかと、気になったのです」

「それは……」

「わたしが何を言おうと勝手じゃないか」

新七の代わりに、仁兵衛がこたえた。だが、およねは「いいえ」と突っぱねる。小柄でおとなしそうな外見とはうらはらに、夫にも意見のできる賢妻らしかった。

「あなたは五年も前のことを、いまだに根に持って新七さんにつらく当たりますけど、いい加減になさってくださいまし。わたしの怪我だってたいしたことはなかったじゃありませんか。しかも、新七さんがわざと傷つけたわけではありませんか。新七さんが長屋から飛び出してきたところ、ちょうど鉢合わせしてしまって、驚いたわたしが勝手に転んだに過ぎないのですから。それなのに、あなたは、ひどく新七さんを叱りつけて、いまだにしつこく責めたりして。おとなげないったらありませんよ」

妻に意見され、仁兵衛はあきらかにたじろいだ。

「お前はそう言うが、新七が、うちの店子の部屋に盗みに入ったのは、ほんとうじゃないか」

「だから、この子は心から反省して、悔いて、いまこうして下っ引きとして、町のために尽くしてくれています。立派ですよ。すくなくとも、このたびの盗人騒ぎにかかわっているだなんて、はなから決めつけていい理由にはなりません」

およねにぴしゃりと言われて、ついに仁兵衛は押し黙り、新七は新七で立ちつくしてしまった。

夫を叱咤したおよねは、改めて千世に来意をつげる。

「千世さま、突然お訪ねして、夫婦喧嘩なんてお恥ずかしいところをお見せしてしまい申し訳ございませんでした。会合でのこともお詫び申し上げます。しかしながら、夫は町のためを思えばこそ、つい行き過ぎてしまったのです。新七さんばかりか、千世さまにまで無礼な態度を取ってしまいましたが、どうぞ夫のことをお許しくださいませ」

「許すも許さないも、ございませんよ」

およねの言葉を受け、千世はほほえんだ。

「仁兵衛さんのお気持ちは、よくわかっておりますから。わたしとしても、うちの筆子を守るためにも、今回の盗人騒動は見過ごすことができません。きっと、この新七や、町廻りの捕り方の皆様が、主犯を捕まえてくださるでしょう。そして、すべてが解決したあかつきには、どうか新七への誤解を解いてくださるとありがたいです」

「はい、もちろんでございます」と、およねが、新七の前へ進み出た。

「新七さん、今日はほんとうにごめんなさいね。うちの人は、町内のため、家のため、わたしのためと思って考えすぎてしまったの。すべて近しい人たちを大事に思うがゆえ。でも、それであなたを傷つけてしまった。どうか許してください」

「いいえ、とんでもねぇ」

　新七はかえって恐縮してしまう。

「仁兵衛さんが疑うのも無理はねぇんで。おれは昔、およねさんにひどいことをしちまったんだから」

「だから、あのときの怪我は、わたしのせいでもあると……」

「いや、およねさんの怪我のことだけじゃない。おれはたしかに、いろは長屋の店子の部屋にときどき忍び込んで悪さをしていた。近所で喧嘩沙汰だって幾度も起こした。たくさんの人を傷つけた。簡単に許されることじゃねぇ。仁兵衛さんの言い分はもっともだ。だから、おれは何と言われたって辛抱します」

そして——と、新七はある決意をにじませながらつぶやいた。

「きっと近いうちに、盗人の主犯を捕まえてみせます。そうすれば、仁兵衛さんの疑いもはれるし、せせらぎ庵も再開できる。おれができることは、それだけなんだ」

新七は言い切るのだが、仁兵衛は顔を逸らしながら、なおも得心がいかないといったふうにつぶやいた。

「主犯なんて、そう簡単に捕まるものか。昨年から、お役人さまが調べ回ったって、なかなか捕まらなかったじゃないか」

所詮は無理なのさ、と仁兵衛がふてくされながら言葉をつづける。

「それとも、何か策があるっていうのかい」

「策だなんて大層なことじゃないが。これから同心の伊庭さまに頼んで、喜作に会わせてもらおうと考えています」

「喜作に？」と、仁兵衛夫婦ばかりではなく、平太たちも驚いて目を見開くなかで、新七は大きく頷いてみせた。

「おれなんかに思いつく手は、喜作のやつから、主犯が誰なのか直に聞き出すことくらいだ」

「わかりません。ただほかに手の込んだ策なんて考えつかないし、喜作相手には、真正面からぶつかるしかねぇと思うんで」

「できるのか、そんなことが」

「……」

「喜作は、おれの昔馴染みだ。あいつが生まれたときから知っている。兄弟同然にあけぼの長屋で育った。もちろん一緒に悪さもした。そんなやつが、千世先生や町の人たちに迷惑をかけているのは、ほんとうにやりきれねぇ」

五年前、十四歳だった新七は、あけぼの長屋の子どもたちのまとめ役だった。十歳だった喜作は幼いながらも頭が良く、新七の補佐役をしていたのだ。

「あけぼの長屋の連中はいずれも貧しくて、まともな暮らしをしている子はほとんどいなかった。おれたちは、子の世話をしない、飯も食わせない、家に銭も入れない、ろくでなしの親に代わって、年下の子たちの面倒を見ていた。腹をすかせた子らのために、やむなく盗みをすることもあった。生きるためだったんだ。いや、これは言いわけだな。どんな理由があれ、許されることじゃない」

だが、許されないことだとわかっていても、新七は悪事を重ねるしかなかった。罪の意識と現実の狭間で苦しんだ。そんな息子を見かねた父親が死ぬ間際に、新七が長屋を出られるよう手を打ったのだ。

「幸いなことに、おれは、じつの父親の後押しがあって長屋を出ることができた。その後、千世先生に出会って、どうにかまともな道を歩めている」

だが――と、新七の口調は沈痛だ。

「問題は喜作だ。あいつも、おれが長屋を出るのとほぼ同じ頃に、足を洗って他所へ奉公に出たはずだった。要領も器量もいいってんで、さる大店の主に見込まれたんだ。おれも長屋を出てからは自分のことでいっぱいで、その後のことを気にしてやる余裕はなかったが、奉公先でうまくやっていると信じていた。ところが、つい最近になって、喜作のやつがあけぼの長屋に戻っていたことを知った。以前と同様に悪事をはたらき、世間様に迷惑をかけている。あけぼの長屋を出て、また戻ってくる間に、いったい何があったのか。もしかしたら、暮らしのために、やりたくもない悪事をしているんじゃないだろうか」

だからこそ、誰があけぼの長屋の子どもに盗みをさせているのか。誰が喜作を追い込んだのか。直に話し合えば、聞き出せることもあるのではないだろうか。

新七は大きく深呼吸してから、最後にしめくくった。

「おれが説得できなかったら、たぶんあいつは、誰にも口を割らないと思う。ひとりで罪をかぶって、刑に甘んじるんじゃねぇだろうか」

あいつは、そういうやつなんだ。言ったあと、新七は唇をきつく嚙みしめた。


その後さっそく、新七は、喜作が捕らえられている町奉行所内、市中取締り同心詰所へと向かった。町廻り同心である伊庭作次郎に連行された喜作は、町の番屋をすっ飛ばし、奉行所近くにある大番屋で吟味を受けているはずだ。

急に出向いて、作次郎が応対してくれるかはわからなかったが、早いに越したことはない。せせらぎ庵を辞した新七は、いったん吉次親分に許しを得てから北町奉行所へ向かったのだが。

「どうして、仁兵衛さんがついてくるんで？」

「わ、悪いかね。おい新七、もうすこし歩調を緩めてくれんか」

小走りで通りを駆け抜ける新七のうしろから、すっかり息があがった仁兵衛が、足をもつれさせながらも、どうにか追いすがる。

仁兵衛のほうを振り返った新七が、やや歩調を緩めてからため息をついた。

「べつに悪かねぇですけど、ついてきて、いったいどうしようってんで？」

「き、決まっている。町のため、店子のため、そして女房のために、一日も早く盗人騒動を終わらせたいのだ。そのために、いち町人としてお役人さまに貢献できることもあるかもしれないじゃないか」

「つまりは、いまのところは、これといった策はない野次馬ってことですね。わかりました、心意気だけはありがたいです。とにかく急ぎましょう」

「おい、野次馬とは失礼だぞ！」

こうして新七と仁兵衛という妙なふたり組は、北町奉行所の門前に立った。

新七は、岡っ引きの手下として顔が通っているから、すぐに町廻り同心の伊庭作次郎に話をつないでもらえた。門番からは、ひとまず同心詰所で待つよう言われ、しばらくしてから作次郎があらわれる。長時間のお取り調べで疲れ切っているのか、作次郎は精悍な顔をすこしやつれさせていた。新七が連れている妙な小男を見て怪訝そうな顔をしたが、すぐさま本題に入る。

「喜作のことで来たのか？」

「さいで」と、新七は頷いた。

「あいつ、誰に命じられたか話しましたか？」

前のめりに新七が尋ねるも、作次郎は渋い顔のままかぶりを振った。

「だめだ。なかなか強情で、いくら問い詰めてもこたえない。これまで牛込水道町内で盗んだものを誰に渡したのか、裏で糸を引いている者は誰か。どうやって盗みに入る先を選んでいたのか。このままだんまりとあっちゃ、すべての罪をかぶって重刑になることもある。そう言ってみたが、口を割らない。このまま自分だけが刑に甘んじるつもりだろうか。主犯に義理立てしているのだろうか」

「いや、たぶん、主犯への義理立てじゃない」

「どうしてわかるんだ？」

「おれぁ、やつと昔馴染みだから、考えそうなことがわかるんで。あの、伊庭さま、急に訪ねたのには、ひとつお願いが。喜作のやつと直に話をさせてもらえませんか」

「なんだと？」

「わたしからもお願いいたします」

ふいに、新七のうしろから仁兵衛が願い出た。作次郎の鋭い視線を受けて怯みはしたが、声を震わせながらもつづけた。

「わ、わたしは、牛込水道町にあるいろは長屋の家主、仁兵衛と申します。町に来てから年数こそ浅いですが、だ、だからこそ、町のことを守りたいと考えます。わたしを受け容れてくれた町の人たちが、盗人に怯えながら暮らすさまを見るのはしのびない。いまごろ、どこかでのさばっている主犯を、どうにかして捕まえたい。だが残念ながら、わたしには力がない。でも、新七なら喜作というやつから何かを聞き出せるのじゃないか。そこに一縷の望みをかけたいんです」

新七と仁兵衛に詰め寄られた作次郎は、「参ったな」とぼやきながら、困惑しきりに首の後ろをさすっている。しばらく考え込んだすえに、

「わかった。こっちだ」

と、新七と仁兵衛を手招きする。

「新七、わかってるだろうが、このことは吉次には言うなよ。吉次が知ったら、いずれは町奉行の曲淵景漸さまに伝わるだろう。おれが勝手を許したことがばれて……」

「あ、すいません」

「は？」

「親分には、さっき奉行所に行ってくると言い置いて来ちまいました。まずかったですかね」

「…………」

新七の言葉を受け、作次郎は天をあおいだ。

「もうどうにでもなれ」と、ぼやく作次郎の案内で、新七と仁兵衛は大番屋に通された。

喜作が捕らえられているのは、大番屋に設けられた取り調べのための牢屋だ。作次郎たち三人が明かりを持って格子戸に近づいていくと、喜作が奥の壁と向かい合い、膝を抱えて座っている姿が見えた。「喜作」と作次郎が声をかけるも、うつむいたきり顔を上げようとしない。

「喜作、おれだ。新七だ」

作次郎と仁兵衛が後ろで見守るなか、新七が声をかけて、やっと喜作は身じろぎをした。壁のほうを向いたまままくぐもった声をあげる。

「……てめぇ何をしに来やがった、裏切者が」

「おれぁ、お前たちを裏切ったつもりはねぇよ」

すると喜作がやっと顔を上げた。肩越しに振り返る。薄暗がりのなかでも、新七のほうを見返す目がぶきみに光っていた。

「裏切者じゃねぇっていうのか？　てめぇだけさっさとあけぼの長屋から逃げ出して、いい思いをしてやがるくせに。あげくは下っ引きだとおだてられ、おれたちを捕らえては正義漢を気取ってやがる。いいか、お前がおだてられるのは、おれたちの犠牲の上に成っているんだ。これが裏切者じゃなかったら何だって言うんだ」

喜作が毒づいたあと、新七は格子戸の前にあぐらをかき、目線を喜作に合わせながら「そうだな」と頷いた。

「お前は、自分が犠牲になっていると思っているんだな？」

「……」

「強請りも、盗みも、暴力沙汰も、みんな仕方なくやっているんだよな。面白くもなんともない。苦痛なだけだ。一度は長屋から出たお前にとってはなおさらだろう。なぜ長屋に戻ってきたかはわからない。だが、それでもおれは、お前が心の底から悪党に戻っていなかったことで安堵してる」

「わけのわからねぇことを……！」

ふいに腰を上げた喜作が、格子戸ににじり寄り、新七に唾を吐きかけた。新七は頰にかかった汚れを拭うこともなく、まっすぐに向かい合う。喜作はますます激高し、声高に言葉をつづけた。

「安堵だと？　知ったことか。あけぼの長屋はな、てめぇがいた頃より、いっそう貧しくなって、ろくでなしばかりが入ってきやがる。五年前よりもずっと悲惨だ。親を選べない幼い子どもたちは、飢えて、暴力をふるわれ、抵抗する術もなく死んでいく。おれたち子どもも、どんな手を使ってでも生き延びなければ、食べるものを奪い取らなければいけなかった。だから、今回の盗みにだって手を貸した。虐げられるだけの子どもたちが生きていくためだ。お前は、手前さえよければ、あとはどうだっていいんだろう。そんなお前に、どうこう言われる筋合いはねぇ」

「自分さえよければいいなんて、そんなことは思わない。すこしでも世のためになりたいと、下っ引きをやっている」

だけど——と、新七は苦々しく告げる。

「お前があけぼの長屋に戻ってきてからやっていることが、子どもたちのために、ほんとうになっているのか？」

「なんだと？」

「お前たちあけぼの長屋の子どもたちは、まんまと利用されているだけなんだ。もとから、お前たちを切り捨てるつもりで、危ない橋だけを渡らせていたんだ。どうしてそれがわからねぇ」

「わかっているさ！」と、喜作は両の拳で格子戸を叩く。

「わかっている。だけどほかにどうしろと？　飢えるよりはましじゃねぇか。世のやつらは、おれらのことを悪徳長屋の悪童ども、卑しい、臭い、汚らわしいと蔑むだけだ。些細なことでも手をさしのべてくれたことはなかった。ただ使い捨てにするつもりだったにせよ、食い扶持をくれるほうがよほどありがたいじゃねぇか」

「なるほど、そうだったのか……」

喜作の話を聞いて、新七はあることに思い当たり、歯がみする。

「お前が長屋に戻ったわけは、それなんだな。奉公に出た先で、悪徳長屋の子どもだと、虐げられたのか」

「あぁ、そうだよ」と、喜作は悔しげに唸る。

「こんなおれだって一度は足を洗って、まっとうに生きる道を夢見たさ。だが、奉公先の連中は、主人の目が届かないところで、おれをさんざんに苛めて罵った。まるで同じ人間じゃないみたいに、悪徳長屋の子どもは、さっさと悪党どもの巣に戻れってな。けっきょくおれみたいな生まれの子どもは、悪さをして生きるしか術がないんだよ」

喜作が長屋に戻ったわけを知り、弟分の無念を思い、新七は腹の底が煮えくり返る思いだった。だが、いまは感情をどうにか押し殺し、言葉をつづける。

「本気でそう思っているのか？　そして、主犯の言いなりになり、子どもたちを食わせる代わりに、自分だけが罪をかぶればいいと思っているのか？」

「……………」

「あけぼの長屋の子どもたちを守るため、というのはわかる。お前が主犯のことを告げ口すれば、そいつに利用され、盗みにかかわった子どもたちも罪を問われる。そんなことになるくらいなら、お前が黙り込んで、罪のすべてをかぶるつもりだろう。だがな、考えてみろ。たとえ今回のことでお前が罪をかぶろうと、主犯はどこかへ逃げて、別の町で、また似た境遇の子たちが犠牲になる。子どもを使い捨てにし、甘い汁を吸いつづけるんだ。その後、あけぼの長屋の子どもたちはどうなる？　またもとどおり、虐げられるだけの暮らしに戻る。あけぼの長屋は、いつまでたっても『悪徳長屋』のままだ。だが、そのとき、お前は何もしてやれねぇぞ。なぜなら、これだけの盗みを重ねたと認めれば、十五のお前は死罪になるかもしれねぇからな」

死罪――という強烈な言葉だけが響き、その後、しばしの沈黙が番屋内を包みこむ。

格子戸を両手で摑んでいた喜作が、新七の後ろに立っている伊庭作次郎に目を向けた。腕を組んでことを見守っていた作次郎は、重苦しく頷き返す。

「盗んだ金が十両に満たなくとも、二度、三度の盗みを繰り返せば更生の余地なしとみなされる。しかもお前は十五になるからな。大人と同様に罪を負うことになるだろう。死罪もあるかもしれん」

作次郎の言葉を受けて、喜作は力なく床に頽(くずお)れる。

うなだれた喜作に向かって、新七は辛抱づよく訴えた。

「喜作、お前が仲間思いなのは、おれが一番よく知ってる」

「……裏切者に何を言われたって嬉しくねぇよ」

「聞け、おれはどう言われてもいい。だが、ほんとうに仲間のためを思うのなら、今度こそ悪事から足を洗い、お前が子どもたちを守れ。虐げられる苦しみを知って大人になったお前が、悪さをしなくても生きていける長屋に変えろ。おれにはできない。お前の言う通り、下っ引きのおれは、あけぼの長屋の住人にとって裏切者だからだ」

「悪さをしなくても生きていける方法なんて、おれなんかにゃわからねぇ」

「わからなくて当たり前だ。おれたちは誰にも習わなかったんだから。だから、教えてくれる人を探せ。お前たちに、とことんまで付き合ってくれる人を探せ。お前たちを、わかろうとする人を、お前の力で探し出せ。おれは千世先生のもとで学んで、よくわかったんだよ。生きていくために、世間を知り、さまざまなことを学ばなくちゃならねぇってことを」

「……」

「残された子どもたちのためにも、お前のためにも、主犯を野放しにしていいはずがない。そいつはお前が死罪になっても心を痛めず、別の人身御供（ひとみごくう）を見つけ出して、同じことをやるぞ。捕まるまで、ずっとずっとその繰り返しだ。おれは、そんなことを見過ごすことはできない。喜作、お前は、おれの大事な弟分なんだから！」

「くそっ……」と呻いたのち、喜作は床につっぷした。肩が震えているのは、涙を流しているからだろう。くぐもった呻き声がかすかに聞こえてくる。

格子戸越しに新七もまた、目頭にあふれるものを拭っている。

すると、そばで見守っていた仁兵衛が、おそるおそる格子戸に近づいてきた。

「なぁ、喜作……さんとやら」

仁兵衛が、床につっぷしたままの喜作に語りかける。

「あのね、新七のことを裏切者だと言うが、新七が下っ引きになったのは、きみらみたいな子どもを守るためでもあるんだ。きみらを見捨てたわけじゃない。お前さんだって、新七を責めるのはお門違いだってわかっているんだろう？　うん、だからね。何が言いたいかというと、わたしらだって、お前さんのことをただ責めたいわけじゃないんだ。だから、まだ間に合うのだから、すべてを話してくれないか。今回の盗みを持ち掛けたのは、いったい誰なんだ。あんたが面倒を見ている子どもたちのためにも、あの子たちがこれ以上の罪を重ねないためにも、ほんとうに悪いやつを捕まえようじゃないか」

仁兵衛が言葉を切ってから、しばしの静寂が流れる。

作次郎は腕を組みながら難しい顔をしていて、新七は格子戸越しに喜作を見つめている。三者三様で見守るなか、喜作は上体をゆっくり起こしながら、消え入りそうな声をもらした。

「……柏陽堂の、手習い師匠だよ」

「なんだって？」

「柏陽堂の白水と名乗っている、じじい。あいつが主犯だ」

喜作の告白を聞いて、仁兵衛は「ひえっ」と叫んで、おもわず尻もちをついていた。

「柏陽堂の白水先生……いや、白水が？」

白水、と呼び捨てにしたあとも、仁兵衛は「そうか、そうだったのか」と、つぶやいている。

「あいつが主犯だったのか。くそぅ、どうも以前からいやな感じがする男だと思っていた」

「いやな感じというと？」

一瞬、仁兵衛はこたえるのをためらったが、作次郎と新七の捕り方独特の圧(あつ)に負けて、しぶしぶながら口を開いた。

「じつは、その……先代から代替わりをしたばかりの白水と、一度会って話をしたことがあるのだが。そのときに、わたしに学がないことや、字が満足に書けないことを嘲笑(あざわら)われたんだ」

「どうしてそんな話になったんで？」

「ただの世間話さ。わたしが子どもの頃にどこの手習い所に通っていたか聞かれたので、ろくに通わずに独学したと伝えた。そう、わたしはいくつか書けない仮名や漢字がある。読めはするし、意味もわかっているが、いくら習ってもだめなんだ。そのせいで、周りにひどくからかわれた。師匠もわかってくれなかった。わたしの怠慢だと言い切った。だからわたしは手習い所が大嫌いだったし、すぐに辞めてしまったんだ」

新七も作次郎も、仁兵衛の話を黙って聞いていた。

町内で空き巣や盗人騒動があったとき、仁兵衛がことさら、盗人に子どもがいるらしいと敏感になっていたのも、手習い所であるせせらぎ庵を目の敵にしたのも、こうした過去があったせいかもしれなかった。

ひと呼吸を置いて、仁兵衛はさらにつづける。

「だが、この話を白水にしたことを、わたしはすぐに後悔した。話を聞き終えたやつの態度は、かつてわたしが通っていた手習い所の師匠とおなじだった。文字が書けないのは、ただ手習いをさぼっていただけだろうと言われたよ。どこの手習い師匠もおなじなのだと絶望した」

「千世先生は、そんなことは決して思わないし、言わないですよ」

新七が口を挟むと、仁兵衛は深く頷き返す。

「あぁ、いまならわかる。千世先生がこんなことで子どもを差別しないことは、お前さんを信じて庇ってくれる態度を見てよくわかった。だからよけいに、白水が主犯だと聞いて、なるほど、あいつならあり得ると思ったんだ。あいつならば、私欲のために、子どもたちを犠牲にするのも厭わないだろうと」

「しかも、手習い師匠として潜伏しているのなら、近所の、手習い所や出入りのある店の事情をよく知ることもできたというわけだな」

作次郎が合点し、仁兵衛も「その通り」とこたえる。

組んでいた腕をほどいた作次郎は、格子戸に近づき、床に膝をついてから、改めて喜作に問い質した。

「喜作、もう一度聞く。お前やあけぼの長屋の子どもに、盗みをそそのかしていたのは、柏陽堂の白水なんだな？」

「あぁ、間違いない。おれは白水の指示を受けていた。それを、あけぼの長屋の子どもたちにも伝え、盗みをさせていた」

「白水が捕まれば、お前は死罪は免れたとしても、牢に入ることになるかもしれんぞ。ほかの幼い子どもたちには、どうにか罪が及ばぬようはたらきかけてみるが」

「構わねぇ」と、喜作は涙をためた目で作次郎を見返し、はっきりとこたえた。

「白水の野郎は、金の亡者だ。子どもたちのことなんか、使い捨ての道具としか見ていない。おれは、腹をすかせた長屋の子どもたちをどうにかしたくて、盗みをさせた。だが、間違っていた。このまま盗みを繰り返せば、腹をすかすどころか、一生お尋ね者で、お天道様のもとを堂々と歩けなくなっちまう。罪をかぶるのは、白水の野郎と、おれだけで十分だ」

「わかった」

頷いた作次郎は、かたわらの新七に鋭いまなざしを向ける。

「新七、急ぐぞ。喜作が番屋に連れて行かれたと白水が知れば、やつはかならず逃げ出そうとするだろう。これまで盗んだ金と一緒にな。いまごろ荷物をまとめている頃かもしれない」

「そんなことはさせねぇ」と唸った新七は、格子戸越しに喜作に告げた。

「行って来るぜ、喜作」

「あとは頼んだ新七。あけぼの長屋の子どもたちのことも……」

「まかせておきな」

涙目で訴えてくる喜作に頷き返しておきながら、新七は、すでに番屋を飛び出そうとしている作次郎のあとを追った。おもてへ飛び出した作次郎は、「柏陽堂まで走るぞ！」と叫ぶと、黒い着流しの裾をからげて走り出した。そのあとに、新七もつづく。

「白水の野郎、ぜったいに逃がさねぇぞ！」

新七は、このまま足がひきちぎれても構わないというくらいに、渾身の力をこめて通りを走り抜けた。


夕焼けで町中が朱色に染まるなか、平太と千世は連れだって出かけていた。

筆子たちの家を、ひとつひとつ訪問するためだった。用向きは、明日から、せせらぎ庵をしばらく休みにする旨を伝えることだ。

「皆、事情を汲んでくれるとよいのですけどね。休みにするのなら、筆子をやめさせてもらうと言われたらどうしましょう」

珍しく気弱なことを言っている千世に、平太はあえて明るくふるまった。

「きっとわかってくれますよ。千世先生が騒動に巻き込まれやすいのも、厄介ごとを招き入れやすいのも、筆子も親御さんもよくわかっているでしょうから。ことが解決すれば、きっと戻ってきてくれます」

「やや釈然としない物言いですが、平太の予想通りになればいいですね」

「もちろん、おれは心からそうなると思ってますよ。だって千世先生は、新七さんをかばうために手習いをお休みにするんでしょう。きっとほかの筆子だったとしても、同じことをしてくれる。皆わかっています。だから、すこし妙な手習い所にだって通って来るのですから」

平太の言葉に苦笑を返した千世は、表情をすこし神妙なものに改めて、「皆の家へ行く前に寄りたいところがあります」と、目の前の通りに視線を戻した。

出先から帰路につく人々でごった返している表通り、行く手にある路地を東に曲がれば、千世の目的の場所があった。筆子たちの家を回る前に、まず立ち寄っておかなければいけないところである。

目当ては、おなじ町内の手習い所、柏陽堂だ。

奉公人の喜作が捕まったという知らせは、いまごろ柏陽堂の白水先生のもとにも入っているだろう。白水先生がどうしているのか。お見舞いがてら、空き巣騒動について何か手掛かりになる話を聞けるのではないかと思い、出向くことにしたのだ。

表通りから路地裏へと折れると、すぐ目の前に『柏陽堂』という立て札が見える。

いるのを見たからだ。

そこで千世がおもわず立ち止まったのは、柏陽堂の前に、とある人物が立って

「あら？」

平太も千世も、その人物を見て目を丸くした。

「息災であったかな、千世どの、平太」

夕陽を浴びて立つ人物は、人通りの多い往来でも、ひときわ目立っている。

皺ひとつない羽織袴に身を包んだ、見るからに由緒正しいお侍さまだ。年は

五十くらいだろうか。わずかに白いものが交じった鬢はきれいになでつけられて

おり、細面で色白で、じつに品が良さそうだ。もうひとり、すぐ背後に年若の付

き人が控えているが、こちらはみごとに気配を消している。

千世は、あえて付き人には目をやることなく、お侍さまの名を呼んだ。

「曲淵さまじゃございませんか。こんなところに、どうしてあなたさまが」

「ふふ、野暮用、というところかな」

そうなのだ。平太と千世の前に突如あらわれたお侍さまは、平太などが名を呼

ぶのもはばかられる、昨年、とある騒動で平太や千世を助けてくれた、北町奉行

の曲淵景漸に違いなかった。

平太が呆気に取られて立ちつくしていると、やさしい笑みを浮かべた景漸はゆっくりと歩み寄ってくる。

「平太も久方ぶりだな。千世どののもとで、一所懸命学んでおるか？」

「は、はいっ、それはもう。日々の忙しさにへこたれず、精進しております！」

町奉行という、平太にとっては雲の上の人物に、声をかけてもらったばかりか、昨年会ったときのことを覚えていてくれたこと。双方の感激が背筋を走り抜けて、平太はうわずった声でこたえていた。

緊張しきった返事を受けて、おもわず声を立てて笑った景漸は、平太の頭に手を置いて撫でてくる。

「それは重畳。千世どののところで学んでおけば間違いはないからな」

「は、はい。ただ、いまはすこし、せせらぎ庵が困ったことに巻き込まれておりまして」

「これ、平太」と、平太がつい漏らしてしまった言葉を聞き咎め、千世があわてて間に入ってきた。

「あまり滅多なことを言うものではありませんよ。曲淵さま、申し訳ございません、平太がいらぬことを。困ったことといっても大したことではないのです。いずれ解決するはずですから、どうぞ聞き流してくださいませ」

「いいや、聞き捨てならぬ」

千世が詫びるものの、景漸ははっきりとかぶりを振った。

「千世どのたちが困ったことに巻き込まれているのなら、看過はできぬというものだ。それに町人を助けられないのならば何のための町奉行か」

「いえ、しかし。お忙しい曲淵さまのお手を煩わせるわけには」

「わたしのことなど、どうでもいい。千世どののためなら、わたしはいつでも駆けつける覚悟だ。ただ、千世どのがいまここにいるということは、此度の困りごとというのは、もしかしたら、わたしの目当てとおなじかもしれない」

「いったいどういうことですの？」

景漸の言っていることがすぐに飲み込めず、千世は首をかしげた。平太も同様だ。

泣く子も黙る北町奉行、曲淵景漸が、なぜこんな市井にあらわれたのか。

どことなく、千世がここに来ることを知っていたふうな口ぶりだ。

いま居る場所は、柏陽堂の前。柏陽堂の奉公人――喜作が、岸井塾に盗みに入ったという騒動が起こったばかり。そして、町奉行である曲淵景漸は、市井で起こった悪行を裁く役どころだ。以前から、牛込水道町で頻発していた、子どもを使った空き巣や盗人騒ぎに頭を痛めていたことも、町廻り同心の伊庭作次郎から聞かされていた。

「あれ……もしかして」

さまざまなことが頭のなかを駆け巡り、平太は、改めて曲淵景漸の姿を見上げた。

「お奉行さまの目当てというのは、もしかして盗人騒動の主犯……」

言いかけた、そのときだった。

話し込む平太たちのかたわらで、ふいに柏陽堂の戸口が開いた。

大きな行李を背負った男が飛び出してくる。総髪(そうはつ)の半分ほどが白くなっている、齢五十か六十くらいの男だ。男は、戸口の前にたちはだかっていた平太たちに気づき、おもわず後ずさりしたが、袖で顔をおおいかくしたと思ったら、すぐさま平太たちの脇をすり抜けて駆け去ろうとする。それを止めたのが、とっさに男の袖をつかんだ千世だった。

「お待ちください、白水先生！」

千世が「白水先生」と呼び止める声を聞いて、平太は、袖で顔をおおい、大きな荷を背負っている男のことを改めて見定めた。この人物が、くだんの柏陽堂の師匠かと、しみじみと眺める。白水先生は、どうしてあわてて家のなかから飛び出してきたのか。なぜ大きな荷を背負っているのか、荷物を持って、いったいどこへ行くつもりなのだろうか。むくむくと、平太のなかで疑念がわいてくる。

そんななかで、白水先生はいったん手をおろしてから、「こんにちは、千世先生」と、ひきつった笑みを返してくる。だが、その様子は、髪は乱れ、目は血走り、息もきれぎれで、はじめて会う平太の目から見てもどこか異様だった。

白水先生の異様さを気にしたそぶりもなく、千世は、改めて相手に尋ねた。

「白水先生、ずいぶんとお急ぎのご様子ですけれど、いったいどうされました？」

「はぁ、いや、急用ができましてな。こんなありさまでお恥ずかしい……」

「わたしどもにお力になれることはありまして？」

「滅相(めっそう)もない。ひとさまの手を煩わせるなど。とにかくわたしは急ぎますのでこれで」

一礼して走り去ろうとする白水先生だったが、なおも、千世は行く手に回り込んで話をつづけた。

「そうでした。以前、こちらの平太が、先代に長らくお借りしていた書物をお返しにあがったのですが、あいにくと先生はお留守だったそうで。留守番をしていた奉公人に預けましたけれど、その後、無事に書物は受け取っていただけました？」

「書物？　あ、あぁ、たぶん……いや、たしかに受け取りましたよ」

「その奉公人ですけど、たしか喜作さん、という方でしたね」

「喜作、だと？」

喜作の名が出たとたん、白水先生の形相がいきなり変貌した。疲れた初老の男の顔から、目が吊り上がった恐ろしい表情になり、いきなり千世のほうへ突進してくる。腰を落とし、肩を入れ、重い荷を背負ったまま迫ってくるさまは、千世を突き飛ばすいきおいだ。

「千世先生、あぶない！」

平太がおもわず悲鳴をあげるなか。

千世が吹き飛ばされずにすんだのは、曲淵景漸のかたわらに控えていた付き人が、走り込んでくる白水先生の前に片足を突き出し、相手をみごとに転ばせたからだ。

前のめりになり、そのまま地べたに転んだ白水先生は、背中の荷物を脱ぎすてるや、すぐさま体をひねって起き上がった。初老の手習い師匠とは思えぬ身ごなしに、かたわらで見守っていた平太は我が目を疑ってしまう。

「この人、いったい何者なんだ？」

平太がつぶやく前で、白水先生は、千世と曲淵景漸に向けて唾を吐いた。

「ちきしょう、きさまら捕り方だな。喜作め、役人に恐れをなして吐きやがったか。あの役立たずが」

言うなり白水先生は、ふたたび千世に摑みかかろうとする。この場でいっとう力が弱そうな千世から取り崩し、逃げ去るつもりである。ところが、「あぶない、千世どの」と、とっさに白水先生の前に身を躍らせたのは景漸だった。景漸は、普段の品の良さをさほど変えない涼しい顔のまま、白水先生の襟を摑んで組み合った。

「はなしやがれ、この野郎！」

「おっと！」

だが白水先生が力いっぱい身をよじると、相手の襟を摑んでいた景漸の体勢はあっけなく崩れてしまった。景漸の涼しい顔にやや焦りの色が浮かぶ。それを見て、白水先生はさらに大きく一歩退き、捕縛から逃れると、そのまま踵を返した。

直後だった。「お待ちなさいっ」と、景漸の代わりに、千世が白水先生の行く手に立ちはだかった。白水先生は、千世を突き飛ばすいきおいで駆け込んでくる。だが、千世はそれを避けなかった。避けるどころか、相手の打ち込みに合わせ、わずかに一歩前に進み、打ち込まれる手が当たるほんのすこし前に、すばやくしゃがみこむ。すると、足払いなどしていなくとも、いきおいよく突っ込んできた相手は前のめりになり、さらには、しゃがみこんだ千世の体を飛び越えて、きれいに弧を描いて宙にほうり出されていた。

たった一瞬のことだったが、その光景は、平太の目にはまるで静止画のごとくうつった。

——すごい！

平太が我に返ったときには、白水先生は「ぎゃっ」と悲鳴を上げて地べたに打ちつけられており、衝撃のすさまじさに、しばらく起き上がることができない。ついで念には念だ。やっと体勢を整えた景漸が、地面に落ちていた白水先生の荷物のもとへ駆け寄り、荷を縛っていた紐をふりほどく。そして、突っ伏していた白水先生のもとへ駆け寄り、その紐でもって両手を縛りあげてしまったのだ。

みごとな連携技だった。

あまりにあざやかで、平太はため息しかでない。

やや乱れた襟元と羽織をなおした曲淵景漸と、両手をはたいている鬼千世先生とが、お縄になった白水先生を見下ろしていると、表通りのほうから突然、「曲淵さまぁ」「お奉行さま！」という男たちのあわてふためいた声が聞こえてくる。

聞き覚えのある声に、平太は表通りのほうを振り返る。そのときに、景漸と千世が、「やっと来おったか」「昔から遅刻癖が抜けないのだから」と小言を吐き出したのを聞いたのだが、遅ればせながら駆けつけたふたりの捕り方があまりに気の毒なので、平太は聞こえないふりをした。

さて、遅ればせながら駆けつけたふたりの捕り方——町廻り同心の伊庭作次郎、下っ引きの新七が、地べたに伸び、後ろ手に縛られ、ぴくりとも動かない白水先生を見下ろして、恐れおののいたのは言うまでもない。

「なんてことだ……おれたちより先に捕まえちまった」

「いや、さすがは鬼千世さまだ」

とはいえふたりとも、これ以上の遅れは命取りと思ったか、作次郎は、上役である曲淵景漸のもとに駆け寄り、平身低頭、出動が遅れたことを詫び、大番屋で取り調べたことや、喜作が語ったことをひととおり報告している。いっぽうで新七は平太を招き寄せて、「いったいどうしてこうなった？」と耳打ちしてきた。男たちがあわてふためき動くなか、凜としたたたずまいの千世の姿を横目で見ながら、平太は、くすりと笑ってこたえる。

「いえ、これから筆子たちの家に出向くつもりで、途中、たまたまここに立ち寄っただけだったのですけど」

「たまたま立ち寄っただけで、この大立ち回りかよ。しかもお奉行さままでが一緒になって。あのさ、千世先生は、白水のじじいが今回の騒動の主犯だって知っていたのか？」

「どうでしょうね」

こたえるあいだも、夕陽を浴びて身じろぎせずに立っている、千世の凜々しい姿から目を逸らすことができず、平太はほうっと息をついた。

「千世先生は、かっこいいなぁ」

「あぁ、ほんとうだな」

平太のつぶやきに、新七も頷いた。千世が白水先生のことをはじめから疑っていたのか、そうではないのか。途中から勘付いたものなのか。いずれも、もはやどうでもいいといった気持ちだった。せせらぎ庵の鬼千世先生は、筆子たちを信じ、筆子たちを守るために行動してくれた。

それだけわかっていれば充分である気がしていた。


手習い師匠という立場を隠れ蓑に、弱い立場の子どもたちを利用して盗みを繰り返した男は、北町奉行、曲淵景漸によって御用となった。

「子どもたちの弱みにつけこみ、使い捨ての駒とし、私利私欲を満たそうとする悪逆非道。断じて許されることではない。相応の報いがあるものと覚悟せよ」

ひっ捕らえられたとき、白水先生は言葉もなくうなだれた。もはや逃げ場も、言い逃れる術もない。

白水先生——昨年から、牛込水道町を騒がせてきた盗人は、おそらく一生牢から出られない己の身を呪いながらも、今回ばかりはことを構えた相手が悪かったと、観念しているかにも見えた。

「盗人、ついに御用」

という触れが町内を駆け巡り、さまざまな後始末が済んだころ合いを見計らって、勘定奉行の根岸鎮衛が、酒徳利を片手にせせらぎ庵にあらわれた。

すこしだけ暖かく緩んできた夜気を感じながら、千世と鎮衛は、縁側で月見酒をしている。平太も自ら淹れた渋茶片手に相伴した。

いつもより、やや過ぎた飲みっぷりで、鎮衛は面白くなさそうにぼやいている。

「聞いたぜ、このあいだの盗人騒動のこと。天下の町奉行、曲淵景漸さまが、またもや御自ら出張ってきて、ご活躍だったそうだな」

「ええ、しかも、すべての取り調べが終わる前に、事情を察し、主犯が町から逃げ出す前に駆けつけてくれたのですわ。曲淵さまがいなかったら、いまごろ主犯は遠くへ逃亡、また罪を重ねていたかもしれません。さすがでした。ね、平太」

「ほんとうです。まさかお奉行さま自らがいらしてくださるなんて、頼もしいお方ですね」

「ふんっ」

平太と千世は、自分たちが曲淵景漸を褒めれば褒めるほど、鎮衛が子どもみたいにふてくされるので、ついおかしくなってしまうのだ。

手酌酒をしながら、鎮衛はさらに苦言を呈した。

「おれだって頼まれれば駆けつけてやったものを。ただ、たまたま立て込んでいて、ちょっとの間、せせらぎ庵の様子を見に来られなかったってだけで。そもそも何だ、町奉行ともあろう男が、こんな市井の鬼師匠と小僧とにかまけていていいのか。町奉行ってやつは暇なのか？」

「何を言っているんです、鉄蔵」

ほぼ空になりつつある酒徳利を奪い取り、千世は棘のある声で言った。

「曲淵さまが暇であるものですか。お忙しい合間を縫って、わたしたちのために足を運んでくださったんじゃありませんか」

千世は、酒をほぼ飲みつくされてしまって機嫌が悪い。鎮衛のほうは、千世が曲渕景漸の肩ばかり持つので面白くない。ふたりが睨み合いになりそうなところ、平太は慌てて割って入った。

「まぁまぁ、お忙しいのは、根岸さまも同じでしょう。なのに、根岸さまもいつもこうして、足繁く顔を出してくださいます。困ったことがあれば話を聞いてくださるし。千世先生だって頼りにしてますよ。ねぇ」

平太の仲裁があって、千世と鎮衛はひとまず睨み合いを解いた。だが、かんじ

んの酒がもうほとんどない。仲直りの杯を交わすこともなくこの場はお開きかと思われたが、

「ごめんくださいませ」

枝折戸の外から声がかかり、一同は耳を澄ました。平太は身を乗り出し、縁側から門の外を見てみる。相手は提灯(ちょうちん)を持っているので、すぐに誰だかわかった。

「千世先生、斜向かいの仁兵衛さんです。およねさんもご一緒です」

平太が伝えると、千世が自ら出迎えに行って、ふたりを縁側へ招き入れる。

およねに腕を引かれ、遠慮がちに入ってきた仁兵衛は、このたびの騒ぎのことで、せせらぎ庵をことさら目の敵にしてしまったことを、改めて詫びに来たのだと、手土産の酒を差し出しながら告げる。

「手習い所にあまりいい思い出がないもので、言い過ぎてしまったのです。あと、新七と女房との昔の出来事もあり、つい、きつく当たってしまいました。いまはとても悔いております。千世先生が、子どもに悪いことをさせるわけがない、子どもを使い捨てになんてするわけがない。そんなことは、わかっておりましたのに」

「もう、いいんですよ。仁兵衛さん。新七からも聞きました。騒動が解決したの

は、仁兵衛さんのおかげでもあると。喜作という子を、説得してくださったそうですね。ありがとうございます」

「いえ、とんでもない。わたしなんて……何も」

うなだれてしまう仁兵衛のもとに、縁側から腰を上げた鎮衛が歩み寄って行った。

「仁兵衛さんといったか。まぁ、もう湿っぽい話はこのあたりで。奥方もご一緒に、せっかく頂いた酒だ、こちらで一緒に飲もう」

「いえ、しかし」

恐縮する仁兵衛を前に、鎮衛は、持ち前の明るい表情でにっと笑ってみせる。

「いいんだって。この鬼千世先生は、ちょっとした悪口や、きつい言葉くらいじゃ、簡単にへこたれやしないから。それだけつよくてしなやかな人間なんだ。だからね、おれは思う。あなたが、子どものころに、もし千世みたいな手習い師匠に出会っていたら、もうすこし、いまの立場は違っていたかもしれないと」

「……はい、わたしもそう思います」

鎮衛の言葉に、かすかに目をうるませた仁兵衛が応じる。

「もしそうなら、こんなわたしでも、もうすこし自信が持てる大人になっていたかもしれません」

「自信をつけるのなんざ、べつに、いまからでも遅かねぇさ。なぁ、平太」

「えぇ、そうですね。幸いなことに、千世先生は、大人だろうと子どもだろうと、どんな立場の方だろうと、学びたい人は拒まないお人ですから」

鎮衛と平太が言いつのると、それを聞いた千世はしずかに笑っている。

仁兵衛は、およねと顔を見合わせてから、あらためて平太に顔を向けた。

「そう、だな。大家稼業にもうすこし慣れたら、女房と一緒に、手習いをやりなおすのもいいかもしれない。およねも、おとなしすぎるのが仇になって、子どものころはあまり手習いができなかったそうだから」

「いつでも大歓迎いたしますよ、仁兵衛さん、およねさん」

杯を片手に千世がこたえると、平太はあることを想像する。

仁兵衛夫婦が、ほかの筆子たちと一緒に机を並べているところだ。さまざまな性分の者がいて、さまざまに得意なこと、苦手なこともある。主義主張も、目的も、人それぞれだ。そんな個性が一か所で和気あいあいとしているさまは、想像するだけでも心が躍る。

盗人騒動が解決したいま、せせらぎ庵はお休みをせずに済んだ。今日も、明日も、これからも、手習いができる。せせらぎ庵の皆と顔を合わせるのが待ち遠しかった。

とはいえ、いまはこの団らんが心地よい。

仁兵衛とおよねを縁側に座らせた鎮衛が音頭を取った。

「さぁ今宵も月がきれいだ。こんなときに飲まない手はないぞ。さぁさぁ一献」

「鉄蔵、あまり無理やり飲ませるものではありませんよ」

「いやいや、こう見えても、わたしは酒にはめっぽうつよいほうでして」

酒がつよいと言われれば、酒豪の千世と鎮衛も「では、飲み比べといきましょうか」と受けて立つほかない。

平太はというと、「酒の肴になりそうなものを見繕ってきますね」とさっそく腰を上げた。

立ち上がってみると、月明かりがいっそう強烈に注がれる気がする。平太は、しばし月に見惚れてしまった。

「さぁ、飲もう飲もう」と、縁側の大人たちはご機嫌だ。それぞれの杯に、透き通った酒を注ぎ合う。

杯になみなみと注がれた酒には、夜空の月が美しくうつしだされていた。

一〇〇字書評

だめ母さん

切・り・取・り・線

購買動機（新聞、雑誌名を記入するか、あるいは○をつけてください）	
□（　　　　　）の広告を見て	
□（　　　　　）の書評を見て	
□ 知人のすすめで	□ タイトルに惹かれて
□ カバーが良かったから	□ 内容が面白そうだから
□ 好きな作家だから	□ 好きな分野の本だから

・最近、最も感銘を受けた作品名をお書き下さい

・あなたのお好きな作家名をお書き下さい

・その他、ご要望がありましたらお書き下さい

住所	〒				
氏名		職業		年齢	
Eメール	※携帯には配信できません		新刊情報等のメール配信を 希望する・しない		

この本の感想を、編集部までお寄せいただけたらありがたく存じます。今後の企画の参考にさせていただきます。Eメールでも結構です。

いただいた「一〇〇字書評」は、新聞・雑誌等に紹介させていただくことがあります。その場合はお礼として特製図書カードを差し上げます。

前ページの原稿用紙に書評をお書きの上、切り取り、左記までお送り下さい。宛先の住所は不要です。

なお、ご記入いただいたお名前、ご住所等は、書評紹介の事前了解、謝礼のお届けのためだけに利用し、そのほかの目的のために利用することはありません。

〒一〇一－八七〇一
祥伝社文庫編集長　清水寿明
電話　〇三（三二六五）二〇八〇

祥伝社ホームページの「ブックレビュー」からも、書き込めます。
www.shodensha.co.jp/bookreview

祥伝社文庫

だめ母（かあ）さん　鬼千世先生（おにちよせんせい）と子（こ）どもたち

令和 4 年 8 月 20 日　初版第 1 刷発行

著　者　澤見彰（さわみあき）

発行者　辻　浩明

発行所　祥伝社（しょうでんしゃ）

東京都千代田区神田神保町 3-3

〒 101-8701

電話　03（3265）2081（販売部）

電話　03（3265）2080（編集部）

電話　03（3265）3622（業務部）

www.shodensha.co.jp

印刷所　堀内印刷

製本所　ナショナル製本

カバーフォーマットデザイン　中原達治

Printed in Japan ©2022, Aki Sawami　ISBN978-4-396-34832-8 C0193

祥伝社文庫の好評既刊

五十嵐佳子
女房は式神遣い！
あらやま神社妖異録

町屋で起こる不可思議な事件。立ち向かうは女陰陽師とイケメン神主の新婚夫婦。笑って泣ける人情あやかし譚。

藤原緋沙子
初霜
橋廻り同心・平七郎控⑬

幼くして親に捨てられた娘が恩義を感じた商家の主夫婦。娘に与えたのは人の情けだったのか!?

藤原緋沙子
風よ哭け
橋廻り同心・平七郎控⑭

八丈島に流された父と、再会した息子の複雑な胸中とは？　平七郎は事件の真相を今一度確かめようと……。

藤原緋沙子
竹笛
橋廻り同心・平七郎控⑮

二世を誓った男を追って江戸に出て来た女を救った橋廻り同心平七郎。許婚の正体を見破ったのだが……。

有馬美季子
食いだおれ同心

食い意地の張った同心と、見目麗しき世直し人がにっくき悪を懲らしめる痛快捕物帳！

有馬美季子
つごもり淡雪そば
冬花の出前草紙

一人で息子を育てながら料理屋〈梅乃〉を営む冬花。ある日、届けた弁当に毒を盛った疑いがかけられ……。

祥伝社文庫の好評既刊

今村翔吾　**火喰鳥**（ひくいどり）　羽州（うしゅう）ぼろ鳶（とび）組

かつて江戸随一と呼ばれた武家火消・源吾（げんご）。クセ者揃いの火消集団を率いて、昔の輝きを取り戻せるのか⁉

今村翔吾　**夜哭烏**（よなきがらす）　羽州ぼろ鳶組②

「これが娘の望む父の姿だ」火消としての矜持を全うしようとする姿に、きっと涙する。最も〝熱い〟時代小説！

今村翔吾　**九紋龍**（くもんりゅう）　羽州ぼろ鳶組③

最強の町火消とぼろ鳶組が激突⁉ 残虐な火付け盗賊を前に、火消は一丸となれるのか。興奮必至の第三弾！

今村翔吾　**鬼煙管**（おにきせる）　羽州ぼろ鳶組④

京都を未曾有の大混乱に陥れる火付犯の真の狙いと、それに立ち向かう男たちの熱き姿！

今村翔吾　**菩薩花**（ぼさつばな）　羽州ぼろ鳶組⑤

「大物喰いだ」諦めない火消たちの悪あがきが、不審な付け火と人攫いの真相を炙り出す。

今村翔吾　**夢胡蝶**（ゆめこちょう）　羽州ぼろ鳶組⑥

業火の中で花魁（おいらん）と交わした約束――。消さない火消の心を動かし、吉原で頻発する火付けに、ぼろ鳶組が挑む！

〈祥伝社文庫　今月の新刊〉

五十嵐貴久
愛してるって言えなくたって
妻子持ち39歳営業課長×28歳新入男子社員。一時の迷いか、本気の恋か？　爆笑ラブコメディ。

石持浅海
Rのつく月には気をつけよう　賢者のグラス
一口料理に舌鼓、二口美酒に酔いしれて、三口推理を堪能あれ。絶品ミステリー全七編。

矢月秀作
死桜（しざくら）　D1警視庁暗殺部
暗殺部三課、殲滅さる！　精鋭を罠に嵌め、非業な死に追いやった内なる敵の正体とは？

南　英男
裏工作　制裁請負人
乗っ取り屋、裏金融の帝王、極道よりワルいやつら。テレビ局株買い占めの黒幕は誰だ？

澤見　彰
だめ母さん　鬼千世先生と子どもたち
子は親を選べない。そんな言葉をものともせず、千世と平太は筆子に寄り添い守っていく。

門田泰明
汝（きみ）薫（かお）るが如（ごと）し（上）
新刻改訂版　浮世絵宗次日月抄
悠久の古都に不穏な影。歴史の表舞台から消えた敗者の怨念か!?　宗次の華麗な剣が閃く！

門田泰明
汝（きみ）薫（かお）るが如（ごと）し（下）
新刻改訂版　浮世絵宗次日月抄
古代史の闇から浮上した〝六千万両の財宝〟とは――!?　天才剣士の執念対宗次の撃滅剣！

岩室　忍
初代北町奉行　米津勘兵衛　**城月の雁（がん）**
盗賊が奉行を脅迫。勘兵衛は一味の隙にくさびを打ち込む！　怒濤の〝鬼勘〟犯科帳第七弾。